D1665151

BAND 6   Am Abgrund

FIONA KELLY

SPECIAL AGENTS
POLICE INVESTIGATION COMMAND

Band 6

Am Abgrund

Aus dem Englischen von Katja Theiß

Ravensburger Buchverlag

Mit besonderem Dank an
Allan Frewin Jones
Dank auch an Kath Jatter

Die Deutsche Bibliothek – CIP-Einheitsaufnahme

Ein Titeldatensatz für diese Publikation ist bei
Der Deutschen Bibliothek erhältlich

1   2   3   04   03   02

© 2002 der deutschen Ausgabe
Ravensburger Buchverlag Otto Maier GmbH
Der englische Originaltitel lautet: On the Edge
© 2002 Working Partners Ltd., London

UMSCHLAG Working Partners Ltd., London
REDAKTION Doreen Eggert

Printed in Germany

ISBN 3-473-34516-4

www.ravensburger.de

Prolog

Montagnacht.

Im Cloud Nine war die Party in vollem Gange. Maddie Cooper lehnte über der Brüstung der Galerie und beobachtete die bunten Teleskoplichter, die beständig über die Partybesucher glitten. Die Rhythmen waren mitreißend und unbarmherzig, ohne Unterbrechung dröhnte die Musik aus den Turbosound-Lautsprechern. Die Tanzfläche unter ihr kochte und die Privatfeier zum achtzehnten Geburtstag von Claire Petrie strebte einem neuen Höhepunkt zu. Maddie dagegen war auf dem Weg zur Chill-out-Zone auf der Galerie. Sie hatte die ganze Nacht durchgetanzt. Ihr Gesicht glühte und sie wollte nur eines der großen Ledersofas für sich, um eine eisgekühlte Cola zu trinken und dabei ein wenig zu Atem zu kommen.

Maddie nahm einen Schluck aus ihrem Glas. Eis klirrte gegen ihre Zähne. Sie entspannte sich und lutschte gelassen an einem Eiswürfel. Sie fasste die Tanzfläche wieder in den Blick und konnte in der wogenden Menge gerade eben so Claire Petrie erkennen. Maddie kannte Claire nur flüchtig. Sie war zwei Jahre jünger als diese und auf Wunsch von Claires jüngerer Schwester Laura eingeladen, genauso wie ihre gemeinsamen Freundinnen Susannah, Jules, Deborah und Alice. Alles Mitschülerinnen aus ihrer Zeit an der Royal Ballet School. Maddie genoss die Feier in vollen Zügen, vor allem aber freute sie sich über das Wiedersehen. Sie hatte einige ihrer

Freundinnen seit über zwölf Monaten nicht mehr gesehen. Nicht seit jener Nacht, in der sich ihr Leben für immer verändert hatte. So vieles in ihrer Welt war jetzt neu, aber sie fühlte sich ihnen immer noch nah. Maddie lehnte sich zurück – doch da fiel ihr Blick auf ein Mädchen, nicht viel älter als sie selbst. Sie beobachtete sie aufmerksam aus den Augenwinkeln. Alles, was Maddie von der schlanken, zierlichen Blondine mit den großen, hellblauen Augen wusste, war ihr Name: Zoë. Doch etwas an ihr erregte ihre ganze Aufmerksamkeit.

Maddies Blick folgte ihr gebannt, als sie durch die Ruhezone stakste. Zoë bewegte sich auffällig. Fast so, als ob sie auf Drogen wäre. Aber das war eigentlich unmöglich: Die Party war absolut drogenfrei. Nicht umsonst war der Nachtclub berühmt-berüchtigt für seine harte Anti-Drogen-Haltung …

»Hi, Maddie!«

»Hallo, Susannah.« Maddie strahlte ihre Freundin an und Zoë war vergessen.

»Ist doch klasse, oder?«, meinte Susannah. »Das müssen mindestens dreihundert Leute sein.«

Maddie lachte. »Mindestens.« Sie ließ ihren Blick schweifen und ertappte sich jetzt dabei, wie sie einen Jungen anstarrte. Er lehnte lässig über der Brüstung und beobachtete die Leute unten auf der Tanzfläche. »Kennst du den?«, fragte Maddie und deutete in seine Richtung.

Susannah zuckte die Schultern. »Nee. Hab ich noch nie gesehen. Vielleicht ist er mit Claire befreundet.« Sie grinste verschmitzt. »Willst du, dass ich rübergehe und ihm verrate, dass er dir gefällt?«

»Lass mal, das kann ich ganz gut alleine«, wehrte Maddie ab. Demonstrativ ruhig fragte sie: »Ist er nicht richtig süß?«

Genau in diesem Moment sah der Junge plötzlich auf. Ihre

Blicke trafen sich unvermittelt und Maddie sah ihm direkt in die Augen. Er lächelte tatsächlich herüber. Leicht verlegen lächelte Maddie zurück und drehte sich dann um.

»Er kommt zu uns«, hielt Susannah sie auf dem Laufenden. »Du bist gelandet, Maddie!«

Maddie lachte herzlich. »Werd endlich erwachsen, Susannah.«

»Ich überlass dich dann mal deinem Glück«, stichelte ihre Freundin. »Aber du musst mir später wirklich alles erzählen. Eine umfassende Berichterstattung ist Ehrensache.«

Der junge Mann umrundete die Galerie und baute sich wortlos vor Maddie auf. Maddie schaute ihn an und bemerkte seine grauen Augen und das dunkelbraune Haar.

»Hi«, ergriff sie schließlich die Initiative.

»Ich weiß ja nicht erst seit gestern, dass der Club Wolke Neun heißt«, druckste er, »trotzdem habe ich nicht erwartet, hier einen Engel zu treffen.«

Sie schaute ihn amüsiert und ungläubig an. »Oh Gott, das soll wohl ein Witz sein!« Er trat verlegen auf der Stelle. »Es klang echt gut, als ich es geübt habe«, gestand er.

»Dann üb schön weiter«, gab Maddie mit einem dicken Grinsen zurück. Sie amüsierte sich prächtig. »Ich bin sicher, dir fällt was ein, was als Anmache tatsächlich funktioniert – früher oder später. Ich bin übrigens Maddie.«

»Paul«, stellte er sich vor. »Du bist mir aufgefallen – auf der Tanzfläche. Du tanzt richtig gut.«

»Danke.«

»Vielleicht solltest du das professionell machen«, sagte er.

Sie schüttelte den Kopf. »Das ist nicht drin.«

»Nein? Warum denn nicht?«

Maddie wechselte rasch das Thema. »Woher kennst du Claire eigentlich?«

Er zögerte. »Oh – ich …« Sie schaute ihn scharf an. »Du kennst sie überhaupt nicht, stimmt's?«

Sein zaghaft fragendes Lächeln gab ihr Recht. »Bitte verrat's bloß keinem«, bat er. »Aber ich bin überhaupt nicht eingeladen. Ich hab mich an ein paar Freunde gehängt.« Er schaute ihr direkt in die Augen. »Weißt du was, Maddie – du würdest eine gute Detektivin abgeben.«

»Glaubst du? Die tanzende Detektivin …«, kommentierte Maddie sarkastisch, »das klingt ein bisschen merkwürdig.«

»Also – wirst du mich jetzt rauswerfen lassen?«, fragte er.

Sie schüttelte den Kopf. »Ich glaub nicht. Jedenfalls nicht sofort …« Er grinste erleichtert. »Siehst du – ich hatte doch Recht – du bist ein Engel.«

Sie unterhielten sich locker weiter. Maddie mochte ihn auf Anhieb, aber sie war trotzdem vorsichtig.

Paul löcherte sie mit Fragen, aber ihre Antworten verrieten nicht mehr, als sie preisgeben wollte. Immerhin gab es Dinge in ihrer Vergangenheit, die man nicht einfach beiläufig erwähnte – und schon gar nicht nach einem 10-minütigen ersten Kennenlernen. Sie schrieb seine Einsilbigkeit in Bezug auf seine Person schließlich seiner Unsicherheit zu. Es sprach einiges für ihn: Er sah nicht nur richtig süß aus – er schien außerdem wirklich an ihr interessiert zu sein.

Sie setzte alles auf eine Karte und wagte den nächsten Schritt.

»Wollen wir unsere Handynummern tauschen?«, fragte sie. »Vielleicht können wir uns ja irgendwann mal wieder sehen?«

Sie nahm ihr Handy aus der Umhängetasche, schaltete es an und gab die PIN ein. »Hast du eins mit?«, fragte sie erwartungsvoll.

Er zauberte ein brandneues Mini-Handy hervor. Sie nahm es ihm aus der Hand. Zum Glück war es angeschaltet und so konnte sie ihre eigene Nummer einprogrammieren, während er seine Nummer in ihr Gerät eingab.

Sie hatten gerade die Handys wieder getauscht, als jemand in Maddies Rücken torkelte – so heftig, dass sie nach vorn gestoßen wurde und direkt in Pauls Armen landete.

»Tut mir Leid … 'tschuldigung …«, hörte Maddie ein Lallen hinter sich. Maddie drehte sich um und sah sich unvermittelt Zoë gegenüber. Ihr Gesicht leuchtete knallrot. Sie war schweißgebadet und hatte offensichtlich Mühe, das Gleichgewicht zu halten.

»Bei dir alles in Ordnung?«, fragte Maddie sie ohne zu zögern. Zoë griff nach Paul. »Ich fühl mich so komisch«, murmelte sie. Ihre Stimme war schrill und undeutlich.

Paul schob sie von sich weg. »Vielleicht solltest du dich hinsetzen.« Er wirkte unbeholfen und befreite sich aus dem klammernden Griff des Mädchens. Maddie schloss aus der Art, wie er sich verhielt, dass er Zoë nicht kannte.

»Ich muss hier raus«, brabbelte Zoë. Sie schlug wild um sich und fuchtelte unkontrolliert mit den Armen. »Ich will nach Hause … hier raus. Mir ist so schlecht.«

Plötzlich gaben ihre Beine nach. Während Paul erschrocken einen Schritt zurücktrat, reagierte Maddie geistesgegenwärtig und packte zu. Zoë klammerte sich an sie, dann brach sie zusammen. Ihr Gewicht zog Maddie fast mit hinunter. Zoës Haut fühlte sich heiß und feucht an. Sie versuchte noch zu sprechen – und erschlaffte dann in Maddies Armen.

Alarmglocken schrillten in Maddies Kopf – sie wusste zum Glück genau, was zu tun war und reagierte entsprechend. Sie drehte Zoë sofort auf den Rücken. Die Augen der Bewusstlosen waren geschlossen, ihr Mund hing offen und Schweiß schien ihr aus allen Poren zu rinnen.

Maddie schlug ihr leicht auf die Wange. »Zoë? Bist du in Ordnung?« Zoë reagierte nicht.

Maddie sah zu Paul hoch. »Ruf sofort den Notarzt«, befahl sie. »Schnell. Wahrscheinlich ein Kreislaufkollaps.«

Menschen begannen sich um sie zu scharen, die üblichen Neugierigen, die nicht verpassen wollten, was geschah. Maddie ignorierte sie.

Sie hob eins von Zoës Augenlidern an und stellte fest, dass die Pupille eindeutig erweitert war. Vorsorglich schob sie eine Hand in Zoës Nacken und bog ihren Kopf zurück, um zu prüfen, ob die Atemwege frei waren. Dann presste sie ihre Finger auf die Arterie am Hals. Der Puls war leicht zu finden – er war stark und gleichmäßig. Gut. Maddie war erleichtert. Zoë befand sich nicht in unmittelbarer Gefahr.

Überlegt brachte Maddie sie jetzt in die stabile Seitenlage – legte sie so auf die Seite, dass der Körper durch einen Arm in der Beuge und ein angewinkeltes Bein gestützt wurde.

Susannah hatte sich inzwischen durch die gaffende Menge gekämpft und war jetzt an Maddies Seite. »Was ist passiert?«, fragte sie bestürzt.

»Keine Ahnung«, antwortete Maddie. »Sie hat sich vorhin schon merkwürdig benommen – aber jetzt ist sie komplett weggetreten.«

Andere kamen ebenfalls näher. Paul kniete inzwischen neben Maddie. Seine Hand ruhte auf ihrem Rücken und seine Lippen näherten sich ihrem Ohr.

»Ich mag dich«, flüsterte er. »Tut mir Leid, was passiert ist.«

Sie sah ihn verwirrt an. Was meinte er damit? Fragen konnte sie ihn nicht, denn er stand rasch auf und verschmolz mit der Menge hinter ihr. Zwischen all den besorgten Gesichtern ringsum konnte sie ihn nicht mehr ausmachen.

»Das glaub ich nicht!«, erklang jetzt Claires besorgte Stimme. »Was ist denn hier los?«

Maddie erklärte kurz, was ihrer Meinung nach geschehen war.

»Na klasse«, sagte Claire genervt. »Prima Art, meine Feier zu ruinieren, Zoë!«

Maddie sah hoch und bemerkte trocken: »Ich glaube nicht, dass sie das absichtlich gemacht hat.«

Im nächsten Moment teilte sich die Menge vor ihr.

»Polizei«, ertönte eine Stimme. »Treten Sie bitte zurück.«

Maddie sah überrascht zu den zwei Männern in Zivil. Einer zeigte ihr seine Polizeimarke. Offensichtlich hatte ihnen jemand Bescheid gesagt, aber um so schnell vor Ort sein zu können, mussten sie schon vorher in der Nähe gewesen sein.

»Sie ist bewusstlos«, sagte Maddie. »Ich hab schon nach ihr geschaut – sie dürfte durchhalten, bis der Notarzt da ist.«

Einer der Männer beugte sich zu Zoë hinunter und checkte noch einmal ihren Puls und die Atmung. Der andere sah Maddie an und fragte schließlich überraschend schroff: »Und wer sind Sie?«

»Maddie Cooper«, antwortete sie.

Der Polizist nickte, so als habe sie damit eine Vermutung bestätigt. »Würde es Ihnen etwas ausmachen, den Inhalt Ihrer Tasche auszuleeren, Miss Cooper?«, sagte er.

Maddie starrte ihn an. »Wie bitte?«, fragte sie ungläubig.

»Die Tasche«, wiederholte er ungeduldig und deutete darauf. »Bitte leeren Sie sie, jetzt gleich!«

Maddie nahm ihre Umhängetasche und öffnete sie. Sie griff hinein und stutzte, denn ihre Finger trafen auf etwas Unerwartetes. Als sie verwirrt ihre Hand zurückzog, hielt sie ein Bündel mit 25-Pfund-Noten umklammert. Sie hatte keinen blassen Schimmer, wo die Scheine herkamen.

Der Polizist nahm ihr die Banknoten aus der Hand. Wie betäubt griff Maddie ein zweites Mal in ihre Tasche und stieß diesmal auf einen kleinen Plastikbeutel. Er enthielt etwa zwanzig kleine, rosa Pillen. Jede hatte ein G eingeprägt.

In Maddies Kopf wirbelten Gedanken durcheinander, ergaben keinen Sinn. Sie erkannte die Pillen wieder: Es waren illegale Drogen – Amphetamine. Wie waren sie in ihre Tasche geraten, was sollte das alles?

Der Polizist nahm ihr den Beutel ab.

»Die sehen wie Speed-Pillen aus, wie diese neuen ‚Perlen‘ namens Gems, Miss«, sagte er.

Maddie war sprachlos, benommen brachte sie kaum mehr eine magere Antwort zu Stande: »Ich habe keine Ahnung, wie sie in meine Tasche gekommen sind.« Das klang unendlich lahm, fast schon schuldbewusst, fand Maddie. Aber ihr fiel beim besten Willen nichts ein – ihr Hirn war wie leer gefegt.

Der Polizeibeamte legte ihr die Hand auf den Arm. »Maddie Cooper, ich nehme Sie hiermit fest – Sie stehen in Verdacht, im Besitz von illegalen Drogen, vermutlich der Klasse A, zu sein. Sie können die Aussage verweigern. Alles, was Sie sagen, kann vor Gericht gegen Sie verwandt werden. Allerdings muss ich Sie darauf hinweisen, dass Ihnen manche Aussagen bei Ihrer Verteidigung auch helfen können.«

Maddie war zu schockiert, um zu sprechen. Ihr fehlten die Worte und sie fühlte die Blicke der Partygäste wie Nadelstiche. Dreihundert Augenpaare folgten ihr, als sie von den zwei Beamten ein Stockwerk tiefer gebracht und in die kalte Septembernacht hinausgeleitet wurde.

Das alles war nicht real, passierte nicht ihr. Das konnte einfach nicht sein. Sie war im falschen Film, ganz sicher.

Erstes Kapitel

Um Punkt 5 Uhr 37 öffneten sich die Aufzugtüren im Centre-point surrend und der 19-jährige Alex Cox trat in das riesige, hell erleuchtete Großraumbüro. Sogar zu dieser Zeit am Morgen brummte die Zentrale des Londoner Police Investigation Command, eine Verbindung von Sicherheitspolizei und Spionageabwehr, vor hektischen Aktivitäten.

Alex war drei Stunden vor Beginn seiner offiziellen Schicht durch einen Anruf von Danny Bell aus dem Schlaf gerissen worden und danach direkt zum Centrepoint geeilt.

Er nickte Jackie Saunders, der Verantwortlichen für das Kommunikationsnetz des PIC, zur Begrüßung zu, doch sie nahm ihn kaum wahr. Es war nicht das erste Mal, dass Alex eine Veränderung in ihrem Verhalten bemerkte, was er mit einem Stirnrunzeln quittierte. Aber er verdrängte die Überlegung sofort, denn er hatte jetzt keine Zeit, sich darüber Gedanken zu machen. Es gab Wichtigeres. Er ging schnurstracks zu Dannys Arbeitsplatz hinüber.

Danny saß lässig auf seinem Schreibtisch, Füße auf dem Stuhl, und telefonierte. Er war Afro-Amerikaner, ein Jahr jünger als der Londoner Alex. Der gebürtige Chicagoer war mit seinem Vater im Zuge eines Zeugenschutzprogramms des FBIs nach Großbritannien umgesiedelt. Er sprach nie darüber, aber Alex wusste, dass Dannys Vater gegen die Mafia ausgesagt hatte. Um der Rache der Clans zu entgehen und mit heiler Haut davonzukommen, hatten sie ihre einzige Chance ergriffen und die Staaten für immer verlassen.

Danny und Alex waren etwa zur selben Zeit für die Eliteabteilung der Londoner Polizei rekrutiert worden. Ihr Boss, Detective Chief Superintendent Jack Cooper, der Leiter des PIC, hatte sie trotz ihrer Jugend speziell ausgewählt. Sie waren zwei der drei Sonder-Trainees auf der Gehaltsliste des PIC – ihre Ausbildung verlief in rasantem Tempo, wie auf der Überholspur.

Alex' Sorge galt an diesem Morgen dem dritten Trainee: Maddie Cooper.

Danny war wie vor den Kopf geschlagen, als ihn die Nachricht während seiner Nachtschicht erreicht hatte: Agent Cooper war von Polizisten der Charing-Cross-Abteilung hochgenommen worden – verhaftet wegen Besitzes illegaler Drogen.

Danny beendete sein Telefonat und legte den Hörer auf.

»Maddie mit Drogen?«, sagte Alex ungläubig zu seinem Kollegen. »Macht sich da jemand einen Scherz?«

Danny schüttelte den Kopf. »Kein Scherz! Sie denken, dass sie Pillen vertickt«, sagte er. »Sie haben einen ganzen Haufen davon bei ihr gefunden. Und ein Bündel 25-Pfund-Banknoten.«

»Unmöglich«, meinte Alex. »Das ist doch vollkommen verrückt. Hast du schon mit ihr gesprochen?«

»Nein. Der Boss war bei ihr. Er hat sie nach Hause gefahren. Sie ist auf Kaution frei und muss in zehn Tagen wieder hin – wenn die chemische Analyse der Pillen vorliegt.« Er legte die Stirn in Falten. »Ich habe gerade mit jemandem von der entsprechenden Abteilung gesprochen. Sie sind sich verdammt sicher, dass die Pillen Gems sind.«

Alex holte sein Handy heraus und wählte.

»Was machst du da?«, wollte Danny wissen.

»Ich werde sie jetzt anrufen«, sagte Alex. »Das muss einfach geklärt werden.«

Danny hob die Augenbraue. »Sie war die ganze Nacht auf, Alex«, bemerkte er. »Gib ihr eine Auszeit – sie wird sich kaum noch auf den Beinen halten können.«

»Wie kamen die eigentlich dazu, gerade sie zu durchsuchen?«

»Null Plan.« Danny schaute seinen Kollegen an. »Alles was ich weiß, ist, dass sie die Pillen bei sich hatte – und dass sie wie ein Dealer dieses Bündel Geldscheine in der Tasche hatte.«

»Das stinkt doch zum Himmel«, meinte Alex.

Danny nickte. »Absolut«, sagte er. »Aber was die Jungs von Charing Cross betrifft – sie haben Maddie im Besitz von illegalen Drogen erwischt. Die denken, damit wäre alles klar. Na ja – und natürlich müssen sie sich an die Vorschriften halten.« Er schüttelte besorgt den Kopf. »Das wird sich nicht einfach so auflösen lassen. Maddie könnte richtig in Schwierigkeiten sein.« Die zwei schwiegen nachdenklich und hingen ihren Gedanken nach.

Die Fahrt zur Polizeistation und das Warten auf das Eintreffen ihres Vaters mit ihrem Pflichtverteidiger hatte sie überstanden, doch sie war wie gelähmt. Die anschließende Befragung hatte ihr ungläubiges Staunen nur noch vertieft, sie war fassungslos, dass so etwas tatsächlich ihr passieren konnte.

Allein der unerschütterliche Glaube ihres Vaters an ihre Unschuld hatte ihr geholfen, die letzten Stunden zu überstehen. Erschöpft, ausgelaugt und verwirrt fiel sie ihrer Großmutter dankbar in die Arme, als sie nach Hause kam. Sie war am Ende, aber sie war daheim. In vertrauter Umgebung.

Die drei Coopers saßen am Küchentisch. Eigentlich hätte das Ganze gemütlich ausfallen können, denn die Familie saß selten gemeinsam an einem Tisch beisammen. Doch Jack Cooper benahm sich wie der Großinquisitor höchstpersönlich. Mit Sorge im Blick beugte er sich in seinem Rollstuhl vor. »Erinnerst du dich an *irgendwas*, das du während der Befragung nicht erzählt hast?«, stocherte er. »Irgendetwas Banales. Etwas, dass dir in der Nacht gestern total normal vorgekommen ist, dass uns aber vielleicht den Anhaltspunkt liefert, wie die Drogen und das Geld in deine Tasche gekommen sind.« Seine Augen brannten voll Entschlossenheit. »Denk nach, Maddie.«

Sie zuckte die Schultern. »Ich denke ja schon nach«, antwortete sie betont ruhig.

Ihre Großmutter sah missbilligend zu ihm herüber. »Langsam, Jack – das reicht.« Jack Cooper steckte sofort zurück. Er nahm die Hand seiner Tochter und streichelte sie sanft. »Tut mir Leid«, sagte er. »Das Letzte, was du jetzt gebrauchen kannst, ist, das ich dir auch noch zusetze.«

Maddie wusste nur zu gut, was in ihrem Vater vorging. »Nein, ist schon in Ordnung Paps. Ich versteh dich.« Sie umklammerte die Hand ihrer Großmutter und fuhr fort: »Es war alles so, wie ich es auf der Polizeistation erzählt habe. Ich hatte die Tasche die ganze Zeit bei mir. Vermutlich hätte mir jemand die Sachen beim Tanzen leicht unterschieben können – aber ich glaube nicht, dass es so war.«

»Glaubst du, es war dieser Junge, der sich Paul genannt hat?«, fragte ihr Vater.

Maddie war sich fast sicher. »Es muss so gewesen sein. Das würde nämlich seine Bemerkung erklären. Zoë lag am Boden – und ich hab geschaut, was mit ihr ist. Paul hat mir ins Ohr geflüstert – ›Ich mag dich, tut mir Leid, was passiert ist.‹

Und dann war er weg von der Bildfläche.« Sie sah ihren Vater an. »Warum hätte er sich sonst entschuldigen sollen?«

»Keine Ahnung«, sagte Jack Cooper. »Aber ich werde sicherstellen, dass das eine der ersten Fragen ist, die ihm gestellt werden, wenn wir ihn geschnappt haben.« Wie zur Bestätigung traf seine Faust hart auf den Tisch. »Die Kollegen von Charing Cross sollten den Kerl besser schnell ausfindig machen«, knurrte er aufgebracht.

»Du solltest versuchen, eine Runde zu schlafen, Maddie«, meldete sich Maddies Großmutter zu Wort. »Du siehst fix und fertig aus.« Maddie versuchte zu lächeln, aber es gelang ihr nicht ganz. »Das war auch eine Nacht«, sagte sie und rieb sich ihre brennenden Augen. Der Stress machte sich bemerkbar und sie war den Tränen nah, als sie ihren Vater fragend ansah. »Ist es in Ordnung, wenn ich morgen früh später reinkomme?«, fragte sie. Sie sah auf ihre Uhr. »Heute, meine ich.« Es war kurz nach halb sieben morgens – hinter den Küchenvorhängen erwachte die Stadt zu neuem Leben.

Dann sah sie den Ausdruck im Gesicht ihres Vaters. Das verunsicherte sie – irgendetwas war noch ungeklärt.

»Was ist?«, flüsterte sie.

»Hör zu, Maddie – es fällt mir nicht leicht, dir das zu sagen. Ich muss dich suspendieren; du bist von deinen Pflichten entbunden, bis dieses ganze Durcheinander geklärt ist.«

»Aber ich habe doch nichts Falsches getan«, empörte sich Maddie. »Ich weiß«, beschwichtigte ihr Vater. »Aber das sind nun mal die harten Regeln. Du bist Mitarbeiterin der Londoner Polizei, Maddie – und als solche musst du den höchstmöglichen Anforderungen Genüge leisten. Das müssen wir alle. Jeder Beamte, der verdächtigt wird, in ein Verbrechen verwickelt zu sein, wird mit sofortiger Wirkung suspendiert, bis die Untersuchung abgeschlossen ist. So funktioniert das nun mal. Ich kann die Regeln nicht ändern – nicht einmal für meine eigene Tochter.«

Maddie schluckte schwer. »Wie lange dauert so eine Untersuchung normalerweise?«, fragte sie.

»Mach dir erst einmal keine Sorgen«, antwortete ihr Vater. »Ich rufe Tara an. Sie wird mich abholen – ich kann jetzt sowieso nicht schlafen – und ich kann im Büro ein paar Telefonate führen, damit ein paar Dinge ins Rollen kommen.«

Maddies Mund war wie ausgetrocknet. »Es ist also ernst, stimmt's?«, hakte sie leise nach.

Jack Cooper sah seiner Tochter in die Augen.

»Ja«, sagte er schließlich. »Sehr ernst. Du solltest jetzt versuchen zu schlafen.« Er wandte sich an Maddies Großmutter: »Ich melde mich, sobald ich etwas darüber herausgefunden habe, was hier passiert ist.«

Maddie lag im Bett und starrte an die Decke. Sie kam sich vor, als hätte man ihr den Boden unter den Füßen weggezogen.

Gestern Abend schien sie noch alles unter Kontrolle zu haben – sie hatte einen Job, der ihr viel bedeutete und wichtig war, sie hatte ein Ziel im Leben und noch dazu den richtigen Weg gefunden, es auch zu erreichen … Jetzt hatte sich alles verändert. Ihre Welt befand sich wieder auf dem Prüfstand. Sie stand im Verdacht, ein schwerwiegendes Verbrechen begangen zu haben, und alles, worauf sie sich in den letzten Monaten verlassen konnte, schien sich zu verflüchtigen.

Sie kämpfte lange, bis die Erschöpfung sie schließlich übermannte und sie in einen seichten, unruhigen Schlaf fiel.

Zweites Kapitel

Tara Moon saß an ihrem Schreibtisch in dem schmalen Vorraum, der zum Büro des Detective Chief Superintendents führte. Die persönliche Assistentin des Bosses sah es als ihre Aufgabe an, als Puffer zwischen ihrem Chef und all den Leuten, die unbedingt etwas von ihm wollten, zu fungieren. Sie war darüber hinaus seine Fahrerin und seine Gedächtnisstütze – seine Termine kannte sie in- und auswendig. Mit ein Grund dafür, warum sie daran gewöhnt war, Überstunden zu schieben und mitten in der Nacht aus dem Bett geworfen zu werden, damit sie Jack Cooper beim Bewältigen einer plötzlichen Krise zur Seite stehen konnte.

Die Festnahme von Jack Coopers Tochter hatte Schockwellen im PIC ausgelöst – das gesamte Eliteteam stand unter Strom. Jemand aus ihren eigenen Reihen war in Schwierigkeiten und ausnahmsweise konnte keiner von ihnen etwas Entscheidendes unternehmen.

Es war 10 Uhr 47 und in Kürze sollte es eine Lagebesprechung geben. In der Zwischenzeit arbeitete Tara am Computer. Sie hatte Tabellenkalkulationen zu den aktuellen Finanzen auf ihrem Rechner, transferierte Gelder zu verschiedenen Hauptabteilungen und prüfte die Zuteilung der Mittel innerhalb des Ministeriums, dem das PIC unterstellt war.

Die neue Innenministerin hatte vor kurzem ihr Amt angetreten – eine Furcht einflößende Frau namens Margaret Churchill. Sie hatte den Posten mit dem festen Vorsatz übernommen, die Kosten abteilungsübergreifend zu senken. Tara sollte sicherstellen, dass die Finanzen des PIC keine Unregelmäßigkeiten aufwiesen. Eine Aufgabe, die sie mit Links bewältigte und bei der sie sich selbst übertraf.

Die Sprechanlage summte. »Tara. Können Sie bitte hereinkommen!«

Tara sicherte ihre Datei und betrat danach Jack Coopers Büro. Die Zentrale des PIC nahm die obersten vier Stockwerke des Centrepoints ein, ein geschwungenes Hochhaus aus Glas und Beton, das am östlichen Ende der quirligen Oxford Street aufragte. Jack Coopers Büro befand sich in der obersten Etage. Aus seinem Fenster bot sich ein Schwindel erregendes Panorama auf London. Die pulsierende Stadt lag zu Füßen des Turms. Zwischen den Straßenläufen, Häusern, Geschäften und Kirchtürmen konnte man die imposanten Gebäude des englischen Parlaments, die Themse in ihrem Verlauf und sogar das London Eye am südlichen Ufer des Flusses erkennen. Tara wartete vor Jack Coopers Schreibtisch, während er noch einige Dokumente studierte, die ein Fahrradkurier des Innenministeriums vorbeigebracht hatte.

Der Umschlag hatte den Vermerk »Streng geheimes Dokument A1X – persönliche Übergabe zwingend« getragen – von niemandem zu öffnen, außer von DCS Cooper selbst.

Er sah zu seiner persönlichen Assistentin auf. »Ich habe die Anweisung erhalten …« Er zögerte einen Moment, rang nach einer angemessenen Formulierung. »… einer Fremden uneingeschränkten Zugang bei uns zu gewähren«, fuhr er fort. »Sie wird während der nächsten Tage an einem besonderen Projekt arbeiten. Sie werden ihr in allen Belangen zur Hand gehen.«

»Darf ich erfahren, um was für ein Projekt es sich handelt, Sir?«, fragte Tara.

Jack Cooper senkte den Blick und sah erneut auf die Dokumente. »Nein«, sagte er abwehrend. »Das kann ich Ihnen nicht sagen.«

»Danke, Sir.« Tara wusste, dass sie damit entlassen war. Sie drehte sich auf dem Absatz um und schritt zur Tür.

»Tara.«

Sie sah überrascht zurück.

»Ausnahmsweise dürfen Sie diesmal nichts wissen«, erklärte Cooper nun etwas zugänglicher. »Das Projekt ist streng vertraulich, die Order kommt vom Innenministerium. Das geht nicht gegen Sie persönlich. Verstanden?«

»Verstanden, Sir.«

Tara schloss die Tür und kehrte nachdenklich an ihren Platz zurück. Sie starrte ein paar Sekunden Löcher in die Luft, dann wandte sie sich ihrem Computer zu und nahm ihre Arbeit wieder auf.

Jack Cooper saß am Kopfende des Konferenzraumes. Ungewöhnlicherweise fehlte Tara, aber sie war an diesem Morgen mit anderen Aufgaben betraut. DCS Cooper hatte alle verfügbaren Abteilungsleiter des PIC zusammengerufen. Darüber hinaus hatte er eine Auswahl von Männern aus dem Außendienst zusammengestellt. Auch Maddies nächste Kollegen waren mit von der Partie. Danny und Alex saßen nebeneinander am ausladenden Konferenztisch und erwarteten gespannt, welche Neuigkeiten ihnen der »Wolf«, wie Cooper in Polizeikreisen genannt wurde, zu berichten hatte.

Jeder Platz verfügte über ein eigenes Computerterminal und ein überdimensionierter Flachbildschirm hing direkt hinter Jack Cooper an der Wand. Morgenbesprechungen wie diese gehörten zur Routine. Aber heute war der Ablauf geändert worden, um einen ungewöhnlichen und irritierenden Tagesordnungspunkt aufzunehmen: die Verhaftung von Madeleine Cooper. Es war 11 Uhr 03, alle Anwesenden waren mit Konzentration bei der Sache.

»Vielleicht hängt Maddies Problem mit der Operation Flatline zusammen?«, entwickelte Kevin Randal eine Theorie. »Wir haben ein paar Leute aufgeschreckt und diese arbeiten mit miesen Tricks und bewerfen uns mit Schmutz, wo sie nur können, um uns abzulenken?«

Operation Flatline war die Kampfansage an die Banden, die in den Drogenhandel von London verstrickt waren. Das langfristig angelegte Unternehmen zielte vor allem auf die Hersteller und Vertreiber einer neuen Droge; eine Speed-Variante in Pillen-Form, die auf der Straße als Gems – als Perlen, Juwelen oder Edelsteine – bekannt war. Die Special Agents des PIC arbeiteten schon seit einigen Monaten an diesem Projekt und innerhalb von Kevin Randals Undercoverteam hatte sich Vorfreude breit gemacht, denn man war sich sicher, fast bis zum Kern des Netzwerkes vorgedrungen zu sein.

»Kann jemand für diejenigen unter uns, die nicht mit der Operation Flatline betraut sind, kurz umreißen, was Gems sind?«, forderte Cooper seine Leute auf.

Danny ergriff ohne Zögern das Wort. »Gems sind eine brandneue Art von Muntermachern – Amphetaminen«, erklärte er. »Sie werden in Form von kleinen rosa Pillen angeboten, lösen sich in Wasser auf und hinterlassen weder Geruch noch Geschmack. Auf der Straße hält sich hartnäckig das Gerücht, dass sie eine sanfte Freizeitdroge mit hohem Spaßfaktor sind. Leider steckt mehr dahinter, als es auf den ersten Blick den Anschein hat – eine tolle Nacht kann man nur mit viel Glück verbringen. Die chemische Aufschlüsselung hat ergeben, dass Gems einen starken Serotonin-Isolator beinhalten – ein chemischer Stoff, der für eine durchschlagende Wirkung im Gehirn sorgen kann: Den User trifft eine höchst gefährliche, massive Paranoia-Attacke.« Er sah sich im Raum um. »Diese kleinen Dinger sind wie Skorpione, sie wirken klein und ungefährlich, tragen aber einen fiesen Giftstachel.«

»Die Pillen, die bei Maddie gefunden wurden, sind zur chemischen Analyse eingeschickt worden«, warf Cooper ein. »Aber der Dienst habende Beamte ist nach bloßem Blick darauf völlig überzeugt, dass es sich um Originalware handelt.« Er beugte sich in seinem Rollstuhl leicht nach vorne. »So wie es aussieht, hat das Polizeirevier von Charing Cross letzte Nacht einen anonymen Telefonanruf erhalten. Der Anrufer hat den Tipp gegeben, einen Einsatzwagen zum Cloud Nine zu schicken, um einen Drogendealer hochzunehmen, der dort arbeitet.« Jack Cooper machte seinem Spitznamen alle Ehre, denn seine Stimme knurrte gefährlich, als er die ausschlaggebende Zusatzinformation preisgab: »Ihnen wurde der Name meiner Tochter genannt.«

»Auf folgende Fragen sollten wir uns zunächst konzentrieren«, fuhr Jack Cooper fort. »Wer ist der anonyme Anrufer – und warum ist meine Tochter die Zielscheibe?«

Alex und Danny sahen sich an. Ihre Hirne liefen auf Hochtouren, prüften Optionen – warum hatte jemand Maddie ans Messer geliefert? Was zum Teufel ging hier vor?

Maddie war immer noch wie benommen. Sie hatte nur wenige Stunden unruhig geschlafen, nicht tief genug, um wirklich erholt zu sein. Sie fühlte sich hoffnungslos erschöpft und verwundbar. Als sie den Aufzug im Centrepoint betrat, überlegte sie für einen Moment, wie ihre Kollegen sich ihr gegenüber wohl verhalten würden. Eine Welle der Sympathie oder Mitleid würde sie umhauen. Das würde sie nicht durchstehen, so sehr sie sich auch am Riemen riss. Es gelang ihr so schon kaum, eine Fassade von Normalität aufrechtzuhalten.

Die Aufzugtür glitt zur Seite und Maddie trat in das geschäftige Großraumbüro. Ihr Blick fiel auf Jackie Saunders, die am Telefon hing. Jackie sah zu Maddie hinüber und schaute dann weg. Kein Lächeln. Nichts. Maddie war seltsam berührt. Was sollte das bedeuten?

Sie ging ohne Umwege zu ihrem Schreibtisch, denn sie wollte nur rasch ein paar Dinge erledigen, die keinen Aufschub duldeten, bis sie wieder zurückkehren würde. Immerhin konnte keiner mit Bestimmtheit sagen, wann das war. Sie wollte keine Aufmerksamkeit auf sich ziehen und so schnell wie möglich wieder abdampfen.

Sie setzte sich an ihre Workstation und fuhr den Rechner hoch. Einige wichtige Dateien mussten an andere Agents verschickt werden. Wenn sie damit fertig war, gab es nichts mehr für sie zu tun. Sie würde nach Hause gehen und darauf warten, dass der Albtraum vorüberging.

Die Tatsache, dass Maddie als mutmaßliche Drogendealerin angeschwärzt worden war, hatte die Atmosphäre im PIC dramatisch verändert, denn das brachte eine neue Dimension ins

Spiel. Es sah so aus, als befände sich die Sonderkommission selbst unter Beschuss.

Inzwischen hatte Jack Cooper eine weitere Rücksprache mit den Kollegen von Charing Cross gehalten. »Wir können mit Bestimmtheit ausschließen«, berichtete er, »dass der Junge, der sich selbst als Paul ausgegeben hat, aufs Geradewohl gehandelt und die Drogen aus Panik in Maddies Tasche deponiert hat«, sagte Jack Cooper. Er machte eine bedeutungsvolle Pause. »Sie wurde bewusst in eine Falle gelockt! DCI Randal hat angedeutet, dass dies möglicherweise tatsächlich mit der Operation Flatline in Verbindung stehen könnte – ich neige dazu, ihm Recht zu geben. Daher sollte unsere Prämisse nach wie vor sein, die Drahtzieher im Drogenhandel dingfest zu machen – die Typen hinter verschlossenen Türen.«

»Unsere erste Priorität sollte es selbstverständlich sein, Maddie zu entlasten«, betonte Alex. »Wurde schon jemand zum Cloud Nine geschickt, um die Angestellten zu befragen? Haben wir eine Gästeliste, damit wir den Partygängern einen Besuch abstatten können. Irgendjemand dort muss diesen Paul schließlich gekannt haben.«

Jack Cooper sah ihn mit unbewegtem Gesicht an – seine Gefühle verbarg er hinter einem glasklaren Blick, der nichts verriet. »Diese Nachforschungen werden durch die ermittelnden Beamten, die die Festnahme vorgenommen haben, durchgeführt«, stellte er klar. »Wir werden umgehend in Kenntnis gesetzt, wenn es Neuigkeiten gibt. In der Zwischenzeit werden wir uns auf unsere eigenen Aufgaben konzentrieren.«

»Und was passiert mit Maddie?«, fragte Danny beharrlich.

»Ich habe sie suspendiert«, sagte Jack Cooper. »Sie wird sich ruhig verhalten und abwarten, wie die Untersuchung verläuft. Wie es jeder von uns auch tun würde.«

Danny starrte ihn an. »Sie nehmen uns auf den Arm, oder?«, fragte er ungläubig. »Wissen die Jungs von Charing Cross etwa nicht, wer sie ist? Können Sie bei Ihren eifrigen Freunden dort nicht einen kleinen Gefallen einfordern, Boss – Sie wissen schon – um die ganze Sache aufzulösen?«

Jack Cooper sah ihn unverwandt an. »Wissen Sie überhaupt, was Sie da vorschlagen, Danny?«, bellte er dann. »Soll ich Ihrer Meinung nach den stellvertretenden Beauftragten der lokalen Polizei des Stadtteils Westminster anrufen und ihn bitten, die Anklage fallen zu lassen, nur weil Maddie meine Tochter ist?«

Danny hielt seinem Blick stand. Er wusste, dass sein Verhalten naiv war, aber die Loyalität Maddie gegenüber trieb ihn dazu, seine Meinung weiter zu vertreten. »Mm ... ja, irgendwie schon. Schätze ich.«

»Das ist unmöglich«, knurrte Cooper aufgebracht. »Und Sie wissen das genau.«

Danny zuckte unter Jack Coopers finsterem Blick zusammen. »Ja, in Ordnung. Schon klar«, sagte er. »Aber es geht doch um Maddie! Wir müssen einfach *irgendwas* unternehmen.«

»Mein Vorschlag wäre, dass jemand mit Zoë Baker spricht«, merkte Alex an.

»Soweit ich weiß, liegt Zoë Baker immer noch bewusstlos im Krankenhaus«, sagte Cooper. »Wenn sie in der Lage ist, eine Aussage zu machen, wird diese von der zuständigen Stadtteilpolizei aufgenommen. Hoffen wir, dass sie Pauls Beteiligung bestätigt und Maddie außen vor ist. Vielleicht kennt sie diesen Paul sogar und hat ihn mit auf die Party geschleppt. Vielleicht kann sie uns direkt zu ihm führen.« Er unterbrach sich, hielt einen Moment inne. »Das sind eine Menge Unabwägbarkeiten. Falls Zoë Baker zufällig zwischen die Räder geraten ist und auch dieser Paul nichts damit zu tun hat, dann muss die Untersuchung auf alle Nachtclubangestellten und alle Partygäste ausgedehnt werden. Aber auch dann wird diese Untersuchung von Charing Cross aus durchgeführt – nicht von hier.«

»Konnte Maddie sachdienliche Hinweise zu Paul abgeben?«, wollte Detective Chief Inspector Susan Baxendale wissen.

»Nichts, was über das hinausgeht, was ich Ihnen bereits gesagt habe«, beantwortete Jack Cooper die Frage. »Sie konnte den Beamten von Charing Cross eine genaue Beschreibung von Paul geben – aber das ist auch schon alles. Sie wusste nichts über ihn und auch die Handynummer, die sie von ihm hatte, existiert nicht.«

»Wissen wir wenigstens, von wo der Anruf kam, mit dem Maddie denunziert wurde?«, fragte Alex.

»Ja, aber das hilft uns nicht wirklich weiter. Er kam aus einer öffentlichen Telefonzelle, irgendwo in Hammersmith«, klärte Jack Cooper die Anwesenden auf. »Der Anrufer war männlich, aber es war nicht Paul – der war zu dem Zeitpunkt bereits auf der Party.«

»Also hat er ohne Zweifel einen Komplizen«, stellte Susan Baxendale sachlich fest.

»Stimmt genau«, sagte Cooper. »Ich vermute, dass der Anrufer derjenige ist, der meine Tochter in die Falle gelockt hat.«

»Das ergibt Sinn«, bestätigte Kevin Randal. »Er schickt Paul los, um die Drecksarbeit zu erledigen, während er außer Sichtweite bleibt. Cleverer Bursche.«

»Diesen Mann müssen wir haben«, konstatierte Jack Cooper. »Ich hab so ein Gefühl im Bauch, dass wir auf eine heiße Spur stoßen, wenn wir ihn finden – und damit auch die Labors für die Speed-Pillen auftun.« Er senkte die Stimme drohend.

»Der Mann wird dafür zahlen, dass er Maddie ausgesucht hat, um an uns heranzukommen.«

Maddie verschickte die letzte Datei. Sie starrte einen Moment auf ihren Bildschirm und blickte ins Leere, bevor sie die Programme mit ein paar Mausklicks schloss. Plötzlich fühlte sie deutlich, dass jemand hinter ihr stand und sie beobachtete.

Sie wappnete sich und drehte sich langsam um. Es war Tara.

»Ich bin fertig«, meinte Maddie matt. »Ich fahre den Rechner gerade noch herunter und dann verschwinde ich hier.« Sie seufzte und fuhr sich mit den Fingern durchs Haar. »Danke, dass du herübergekommen bist, aber es geht mir gut.«

Tara sah sie mitleidig an. »Das hört man gerne«, sagte sie. »Aber ich bin nicht hier, um zu sehen, wie es dir geht, Maddie. Ich brauche deine Dienstmarke.«

»Oh – klar – entschuldige.« Maddie holte ihren PIC-Ausweis hervor und reichte ihn Tara. »Wenigstens kenne ich alle Sicherheitscodes«, sagte sie mit einem schwachen Lächeln.

Tara schüttelte den Kopf, fast schon entschuldigend, wie Maddie fand. »Du kennst sie nicht mehr«, offenbarte sie dann. »Alle Codes wurden heute Morgen geändert.«

Sie ließ Maddies Ausweis in eine Plastikhülle gleiten und ging, ohne ein weiteres Wort an sie zu richten.

Maddie lehnte sich in ihrem Stuhl zurück. Sie war wie betäubt. Gefühllos. Zeitverzögert wurde ihr die Tragweite von Taras Aussage bewusst. Die Realität ihrer Situation traf sie wie ein Blitz. Sie war konsequent und mit brutaler Härte von allen Belangen des PIC abgeschnitten.

Sie war kalt gestellt.

Drittes Kapitel

Die Besprechung war zu praktischen Dingen zurückgekehrt, nachdem in einer ersten Runde Spekulationen und Theorien ausgetauscht worden waren.

Jack Cooper las aus einem externen Bericht vor. Dann fasste er für sein Team zusammen: »Unsere Kollegen von der Special Branch haben uns Zugang zu einigen ihrer Dokumente gewährt. Eine hochinteressante Lektüre. Und sehr aufschlussreich. Über die letzten Monate hinweg wurden während der Drogenrazzien der Special Branch eine ganze Menge Dealer von Gems hochgenommen.« Er sah sich im Raum um, um erhöhte Aufmerksamkeit zu erreichen. »Alles kleine Fische, leider – Drogendealer von der Straße. Keine Leute, mit denen wir etwas anfangen könnten. Wir müssen zu den Hintermännern, den Lieferanten, die in der Kette höher stehen, vordringen – zu den Leuten, die uns dorthin bringen können, wo die Tabletten hergestellt werden.«

Er gab ein paar Befehle in den Rechner ein. Daraufhin erschien die Karte von Südost-England auf jedem der Computerbildschirme. Sie wies ein Muster aus roten Punkten auf.

»Diese Punkte verdeutlichen, an welchen Stellen die Speed-Pillen in den letzten zwei Monaten aufgetaucht sind«, erklärte Cooper. »Die Punkte ergeben eine klare Struktur, einen Kreis; und London ist genau im Zentrum davon. Das lässt nur eine Schlussfolgerung zu: Die Drogen werden mit größter Wahrscheinlichkeit hier hergestellt – höchstwahrscheinlich in einer Fabrikeinheit oder in einer Lagerhalle. Unser Ziel muss es sein, das Laboratorium zu finden und zu schließen. Kevin – wie viele Agents kannst du auf die Straße schicken?«

»Zwölf, wenn ich alle anderen Fälle zurückstelle«, sagte Kevin Randal.

»Ich kann sechs weitere freistellen«, bot Susan Baxendale an.

»Schön, macht das«, brummte Cooper erfreut. »Operation Flatline hat ab jetzt Vorrang. Diesen Leuten muss Einhalt geboten werden.«

Danny hob die Hand, denn er wollte etwas loswerden. »Ich habe mit einem Typ aus Camden zusammengearbeitet«, erzählte er. »Ein Drücker namens Harvey Silver. Er hat ein paar Andeutungen fallen lassen – über den Supercoup, einen Riesendeal in diesem Viertel. Ich könnte ihm ein bisschen Feuer unter dem Hintern machen und sehen, was er ausschwitzt.«

»In Ordnung«, sagte Cooper. »Finden Sie heraus, was er wirklich weiß. Und wenn die Information gegengecheckt ist und gut aussieht, vereinbaren wir ein Treffen mit dem Mann im Dunkeln. Wir brauchen den Zugang zu den Mittelsmännern, um an die ganz Großen zu gelangen – und am besten so schnell wie möglich.«

Maddie betrat den gepflasterten Vorplatz des Centrepoints. Die Straßen zur Oxford Street waren laut und geschäftig. Autos und Busse bahnten sich ihren Weg, Fußgänger bevölkerten die Gehsteige. Leute, die einkaufen gingen, Touristen beim Stadtbummel, sie alle hatten sich ins Getümmel gestürzt.

Maddie hievte ihre Tasche über die Schulter, sie war voll gestopft mit persönlichen Gegenständen, die Maddie mitgenommen hatte. Ihr Arbeitsplatz hatte merkwürdig verlassen und leer gewirkt … so, als wäre es nicht mehr ihrer. Sie hatte ein schlechtes Gefühl in der Magengegend. Wie lange es wohl dauern würde, bis sie wieder dort saß?

Sie ging auf die U-Bahn-Station zu. Um sie herum tobte das Leben. Die Menschen wirkten voll Energie; zielstrebig schritten sie aus, so als ob sie erwartet würden, strebten zu geschäftlichen Treffen und privaten Verabredungen oder an ihren Arbeitsplatz. Jeder hatte scheinbar seine Aufgabe in dieser pulsierenden City.

Nur Maddie stand inmitten des Trubels und vor ihr lag ein langer, leerer Tag; ein Tag, der sich als zäh wie Kaugummi erweisen würde. London wirkte wie ein Moloch auf sie, nicht länger vertraut, sondern abstoßend und fremd.

Noch einmal drehte sie sich um und sah nach oben. Der massive Hochhausturm des Centrepoints mit seiner Glas-Beton-Konstruktion ragte unbeeindruckt von ihrer Verzweiflung in den Himmel. Sie fühlte sich, als ob sie den Mittelpunkt ihres Lebens dort oben zurückgelassen hätte.

Maddie lief langsam die Stufen zur Station hinunter und die Menge verschluckte sie.

Der Besprechungsraum hatte sich geleert. Jack Cooper gab ein paar Kurzbefehle in seinen Rechner ein und klickte dann auf Exit. Die vernetzten Rechner im Raum gingen in Standby-Modus. Für ein paar Augenblicke saß Cooper nachdenklich da und beobachtete den nicht enden wollenden Sternenfall des Bildschirmschoners – eine beständige Bewegung, die ihm merkwürdig absurd erschien.

Durch ein Geräusch aus dem Flur wurde er aus seinen Gedanken gerissen.

Danny und Alex standen in der Tür. »Können wir mit Ihnen reden, Sir«, setzte Alex an.

Der »Wolf« nickte nur auffordernd und die zwei kehrten in den Raum zurück.

»Maddie, Danny und ich arbeiten schon länger im Team, Sir«, wagte sich Alex vor. »Wir müssen sie einfach raushauen, das sind wir ihr schuldig.«

»Für uns sieht die Sache folgendermaßen aus«, übernahm Danny das Wort. »Alex und ich haben darüber diskutiert, wir denken, es muss einen besseren Weg geben, Maddie zu helfen. Nur die üblichen Verdächtigen herbeizuzitieren und sie nach der Adresse des Speed-Labors auszuquetschen, genügt einfach nicht.«

Jack Cooper musterte die zwei. »Haben Sie schon einen konkreten Plan?«, fragte er scharf.

»Zunächst müssen wir mit Zoë Baker sprechen«, präzisierte Alex. »Schicken Sie uns ins Krankenhaus von Chelsea und Westminster. Wir möchten ihre Version der Geschichte in Erfahrung bringen.«

»Sie könnte uns zu Paul führen«, fügte Danny hinzu. »Paul wird uns dann zu dem Mann am Telefon führen – und der wird uns zu den Hintermännern bringen, die die Gems herstellen. Wir könnten endlich beweisen, dass Maddie in eine Falle gelockt wurde. Und wir nehmen die Produktionsstätte hoch. Alles in einem Aufwasch.« Er sah seinen Boss erwartungsvoll an. »Was meinen Sie – können wir loslegen?«

Jack Cooper schwieg zunächst, doch dann grollte er leise:

»Lassen Sie mich das ein für alle Mal klarstellen. Die Untersuchung der Umstände von Maddies Verhaftung wird von den Beamten von Charing Cross durchgeführt. Unter keinen Umständen, ich betone, unter keinen Umständen wird irgendein Agent des PIC sich in diese Angelegenheit einmischen. Sie werden also keine potenziellen Zeugen aufsuchen und Sie werden nicht versuchen, Zoë Baker zu befragen. Haben Sie mich verstanden?«

»Ja, Sir«, bestätigte Alex. Jack Coopers Anweisungen waren leider unmissverständlich gewesen.

Ihr Boss rollte an ihnen vorbei. Im Türrahmen hielt er noch einmal an und sah zurück. »Bleiben Sie dem Krankenhaus fern«, sagte er. »Das ist ein Befehl.«

Danny deutete einen militärischen Gruß an und salutierte mit gestreckter Hand an der Schläfe. »In Ordnung!«, sagte er.

»Das Krankenhaus von Chelsea und Westminster ist unerlaubtes Territorium.«

Die Tür schloss sich hinter Jack Cooper.

Danny und Alex sahen sich an.

Danny hob eine Augenbraue, worauf Alex nickte.

Die beiden hatten schon genug zusammen erlebt, um einander ohne große Worte zu verstehen. Sie waren sich einig.

Viertes Kapitel

Alex und Danny liefen durch die ausladenden Drehtüren in der Fulham Road SW10. Das Gebäude des Krankenhauses der Stadtteile Chelsea und Westminster war modern. Glas und Stahl sowie hoch aufragende, blendend weiße Mauern bestimmten die Architektur. Belebende Farbelemente ergaben sich durch die modernen Bilder, die Tupfen auf die weißen Wände zauberten. Das Atrium im Erdgeschoss war nach oben offen, es ging dreißig Meter in die Höhe. So entstand ein riesiger lichter Raum, der mit lebendigen, wechselnden Farbspielen erfüllt war.

Alex hatte einen Blumenstrauß im Arm, Danny einen Früchtekorb. Sie schritten zielstrebig auf den geschwungenen Rezeptionsbereich zu. Es war 13 Uhr 22.

Die junge Frau an der Theke lächelte sie fragend an.

»Eine Freundin von uns ist gestern Nacht eingeliefert worden«, begann Danny. »Zoë Baker. Wir haben keine Ahnung, auf welcher Station sie liegt.«

»Einen Moment bitte.« Die junge Frau klimperte auf ihrer Tastatur und wurde rasch fündig. »Sie liegt auf der Elisabeth-Gaskell-Station«, gab sie Auskunft. »Zweiter Stock.«

Danny klaubte eine weiße Rose aus dem Strauß, den Alex trug. Charmant überreichte er sie der jungen Frau.

»Danke schön!« Sie lachte vor Überraschung. »Gehen Sie einfach zu Aufzug B. Der bringt Sie zur Station.«

Sie durchquerten das Krankenhaus, das trotz seiner Funktionalität nicht wuchtig wirkte, sondern leicht und lichtdurchflutet. Rolltreppen führten nach oben und unten. Ein großer Chromwürfel wurde von glitzerndem Wasser umspült. Überall standen riesige rote, gelbe und grüne Stahlkonstruktionen. Sie alle gehörten zu einer einzigen Skulptur: Der Akrobat. Vom durchsichtigen Plastikdach hing ein Mobile aus regenbogenfarbenen Blättern, sie schienen die fünf Stockwerke hinunterzuflattern.

»Sieht doch eher wie in einer Kunstgalerie aus als in einem Krankenhaus«, stellte Alex fest. »Ich hoffe, sie liefern mich hier ein, wenn ich einmal krank sein sollte.«

Sie betraten den glänzenden Metallaufzug. Er glitt sanft nach oben und Sekunden später öffneten sich die Türen lautlos. Danny und Alex marschierten Richtung Station.

»Ist dir noch was aufgefallen?«, fragte Danny, selbst verblüfft von seiner Beobachtung. »Hier riecht es noch nicht mal nach Krankenhaus.«

Die Station besaß einen weiträumigen Empfangsbereich.

Ein Mann mit kurz geschnittenen, blond gefärbten Haaren arbeitete am Schreibtisch.

Danny erklärte, warum sie gekommen waren.

»Zoë Baker?«, murmelte der junge Mann vor sich hin. Dann deutete er mit dem Finger den Weg. »Da lang. Wir haben sie gerade auf die Normalstation verlegt. Sie schläft. Zurzeit sind aber keine Besucher erlaubt.«

Alex sah ihn aufmerksam an. »Sie schläft?«, hakte er nach. »Ist sie nicht mehr bewusstlos?«

»Sie ist heute Nacht wieder zu sich gekommen«, sagte der Blondschopf. »Die Überdosis war nicht so verheerend, wie wir zunächst befürchtet hatten.«

»Was ist passiert?«, fragte Danny.

»Wir haben die normale Notaufnahme-Routine durchgezogen«, erklärte der Mann. »Wir haben ihren Magen ausgepumpt und durchgespült, um alle Stückchen und Fitzelchen aus ihrem Verdauungssystem zu bekommen. Dann haben wir ihr Aktivkohle verpasst, die letzte Überreste aufgenommen hat. Zuerst war Zoe noch ein paar Stunden bewusstlos. Und als sie aufwachte, war sie desorientiert und deprimiert, deshalb haben wir ihr ein leichtes Beruhigungsmittel gegeben.«

»Aber sie ist außer Gefahr?«, wollte Danny wissen.

»Die Testergebnisse liegen noch nicht vor«, konstatierte der Mann. »Wir können nicht sicher sagen, was sie genau genommen hat und welche Nachwirkungen eventuell auftreten können.« Jetzt lächelte er beruhigend. »Aber es sieht ganz so aus, als hätten wir sie im richtigen Moment gefunden«, sagte er.

»Wann wird sie wieder aufwachen?«, kam Alex zur Sache.

»Kann jederzeit sein«, meinte der Mann. »Sie können gerne warten.« Er deutete auf den Türdurchgang, hinter dem sich das Wartezimmer verbarg. »Ihre Eltern müssten auch jeden Augenblick eintreffen. Sie waren in Schottland im Urlaub und sind direkt losgefahren, als sie die Nachricht bekommen haben. Kennen Sie sie?«

»Leider nicht«, sagte Alex.

»Es sind noch paar Leute da«, verriet der Mann. »Sie können ja gemeinsam warten.«

»Freunde?«, fragte Alex knapp.

»Ich glaube nicht«, antwortete der Mann. »Ich denke Polizei.«

Danny und Alex wechselten einen vielsagenden Blick.

»Wir kommen später wieder«, sagte Danny dann. »Könnten Sie ihr die geben?« Er stellte den Früchtekorb auf den Tisch, während Alex die Blumen danebenlegte.

Der Mann nickte. »Was soll ich ausrichten, von wem sie sind?«, fragte er schließlich.

»Sagen Sie, von ihren besten Freunden«, meinte Danny. »Sie weiß schon, wer gemeint ist.«

Alex warf einen kurzen Blick in den Wartesaal, bevor sie die Station verließen. Ein Mann und eine Frau saßen dort und lasen Zeitschriften. So wie es aussah vom CID, Criminal Investigation Department. Ohne Zweifel von der Abteilung Verbrechensbekämpfung.

Das Risiko, von den Beamten erkannt zu werden, war minimal – aber Alex und Danny wollten absolut sicher gehen.

»Und jetzt?«, stellte Alex in den Raum, als sie im Aufzug wieder nach unten fuhren.

»Jetzt tritt Plan B in Kraft«, sagte Danny.

»Ich hatte keine Ahnung, dass es Plan B gibt.«

Danny grinste verschmitzt. »Es gibt immer einen Plan B.«

Die Mobile Überwachungseinheit war in einer Seitengasse geparkt. Von außen sah sie wie ein gewöhnlicher weißer Lieferwagen aus – aber sie war randvoll mit Elektronik ausgestattet, alles auf dem allerneusten Stand. Verbrechen wurden heutzutage mit hochmodernen Methoden verübt und die Polizei tat gut daran, sich anpassen. Nicht umsonst war das PIC in der Vergangenheit so erfolgreich gewesen; die Sondereinheit hatte die Zeichen der Zeit erkannt.

Danny setzte die Hochalarm-Einrichtung außer Kraft und kletterte in den Rückteil des Wagens. Eine Minute später tauchte er wieder auf. Als er auf die Straße trat, öffnete er die Hand.

Alex nickte zustimmend. Jetzt verstand er Dannys Plan B.

Auf Dannys Handfläche lag ein kleiner Ultrahochfrequenz-Funksender.

»Das kleine Baby würde die Geheimnisse einer Ameise auf fünfzehn Meter aufschnappen«, sagte Danny voll Stolz. »Es überträgt auf das Abhörgerät und wir werden jedes Wort in dem Zimmer mithören können – kristallklar und ohne Verzerrungen. Dann brauchen wir uns nur zurückzulehnen und darauf zu warten, dass unsere Freunde von Charing Cross reingehen und die Fragen stellen.« Er grinste. »Damit ist unser Job erledigt.«

»Und wie kriegen wir den Mini-Sender ins Zimmer? Beamen geht schließlich schlecht«, fragte Alex.

»Wir verkleiden uns als Krankenhausbedienstete und hoffen, dass es klappt«, sagte Danny. »Ich könnte ohne Probleme den brillanten jungen Neurochirurgen mimen.« Er sah zu Alex. »Du bist dazu auserkoren, die Lernschwester zu spielen.«

Alex sah ihn schmunzelnd an. »Wie wär's damit: Ich bin der Gehirnchirurg und du die größte Herausforderung meiner Laufbahn – als Patient?«, frotzelte er.

»Das könnte klappen«, amüsierte sich Danny. »Aber es ist wahrscheinlich besser, wenn wir den Ball flach halten.«

»Wir sollten nach Mänteln Ausschau halten, die uns als Hilfspfleger oder Pförtner ausweisen«, sagte Alex.

Danny nickte nur. Das wäre am vernünftigsten. Obwohl die Jungs gerne ihren Spaß hatten, waren sie vor allem Profis.

Sie betraten erneut das Krankenhaus. Diesmal nahmen sie die Rolltreppe zur Station und vermieden dabei den Haupteingangsbereich. Zielstrebig bewegten sie sich vorwärts und suchten die Flure und Gänge ab. Sie vermittelten den Eindruck, als wüssten sie genau, was sie taten. Keiner hielt sie auf.

Schließlich hatten sie einen Umkleideraum für Angestellte entdeckt und zogen rasch Hilfspflegerklamotten an. Wie es der Zufall wollte, fanden sie außerdem einen unauffälligen Rückweg zur Station – eine Treppenflucht, die zur so genannten Sonnen-Lounge führte, wo Patienten sitzen und fernsehen konnten.

»Showtime«, bemerkte Danny. »Unser Auftritt.«

Sie betraten die Elisabeth-Gaskell-Station.

Sofort kam eine Schwester auf sie zu und fragte: »Wer sind Sie?«

»Die Pflegedienst-Agentur hat uns geschickt«, antwortete Danny gelassen. Ihm war nichts anzumerken. »Uns wurde gesagt, wir sollen uns hier nützlich machen.«

»Ihr könnt nicht einfach so herumspazieren«, meckerte sie. »Meldet euch bei der Stationsschwester. Sie wird euch Aufgaben zuteilen.«

»Danke, machen wir«, sagte Danny.

Alex schlüpfte durch die offene Tür in eine Abstellkammer. Mit einem Wischmop und einem Eimer ausgestattet kam er wieder zum Vorschein. Ihre Tarnung war perfekt.

Sie liefen die Länge der Station ab, vorbei am Wartezimmer mit den Beamten der CID.

Die Tür zu Zoës Zimmer stand offen und sie glitten ungesehen hinein. Es gab vier Betten, aber nur eines war belegt.

Zoë Baker lag zusammengerollt auf der Seite, sie sah zerbrechlich aus.

Alex postierte sich in der Nähe der Tür – er war auf dem Sprung und würde jeden, der herein wollte, abfangen. Ein klasse Türsteher, fand Danny, während er schnell zum Bett hinüberging. Zoë sah blass aus, aber friedlich.

Er wollte die Wanze unter dem Metallrahmen in der Nähe ihres Kopfes anbringen, doch als er sich vorlehnte und dafür den Plastikstreifen der Klebefläche entfernte, blickte er geradewegs in ein hellblaues Augenpaar.

»Hallo Zoë«, begrüßte er sie geistesgegenwärtig. »Wie geht's dir?«

Alex drehte sich um. Jetzt sah auch er, dass Zoë aufgewacht war.

»Mein Kopf tut weh«, murmelte Zoë. »Genauso wie mein Bauch.«

»Das liegt wahrscheinlich daran, dass sie dich total leer gepumpt haben«, sagte Danny. Er grinste. »Das muss ja eine üble Nacht gewesen sein. Erinnerst du dich noch an irgendwas?«

Zoë drehte sich auf den Rücken. Danny schüttelte ihre Kissen auf und baute sie um sie herum. Alex schloss leise die Tür, aber durch die Glasfläche hielt er weiter Ausschau.

»Ich kann mich erinnern, dass ich mich unmöglich aufgeführt habe.« Zoës Stimme war kaum zu hören. »Ich habe einen ganz trockenen Mund.«

Danny schenkte ihr ein Glas Wasser aus dem Krug auf dem Nachttisch ein. Sie trank langsam und ganz offensichtlich mit Unbehagen. »Weißt du, warum es dir so schlecht gegangen ist?«, fragte Danny schließlich.

Er hatte nicht viel Zeit und musste direkt zur Sache kommen. Er sah kurz zu Alex hinüber, um sich zu vergewissern, dass die Luft rein war. Alex nickte zur Bestätigung.

»Ich hab Pillen geschluckt«, antwortete Zoë. Sie schloss die Augen. »Schwachsinn, so was zu tun. So was hab ich vorher noch nie getan.«

Danny grinste wieder. »Schätze, das wirst du auch nicht noch mal.«

»Niemals – nicht bis ans Ende aller Tage.« Sie öffnete wieder die Augen. Mitgenommen und erschöpft sagte sie: »Der Typ, der sie mir gegeben hat, meinte, sie würden mir ein gutes Gefühl verschaffen. Sie heißen Gems, hat er gesagt und mir sechs Stück gegeben. Hat behauptet, sie seien nicht stark – dass sie dir nur einen Kick verpassen. Ich hab ihm geglaubt, ich Idiot.«

»Das war ein ziemlich ordentlicher Kick«, scherzte Danny.

»Sie müssen eigentlich total harmlos sein«, grübelte Zoë. »Sonst hätte er sie mir nicht einfach so gegeben.« Sie trank in großen Zügen Wasser, obwohl das Schlucken ihr Schwierigkeiten bereitete. »Na ja, da habe ich alle sechs auf einmal genommen.«

Danny zuckte zusammen. Jetzt ergab einiges einen Sinn. »Ziemlich heftig«, sagte er betroffen.

»Das brauchst du mir nicht zu sagen«, wehrte sich Zoë, während eine Träne ihre Wange hinunterlief. »Meine Mutter wird durchdrehen«, flüsterte sie. »Ich bin erst seit drei Wochen in London. Ich wollte hier aufs College gehen.«

»Reg dich nicht auf«, beruhigte sie Danny. »Deine Mutter wird froh sein, dass es dir gut geht.« Er sah sie an. »Kanntest du den Kerl, der dir die Pillen gegeben hat?«

Zoë schüttelte verneinend den Kopf. »Sein Name war Paul«, sagte sie. »Das ist alles, was ich von ihm weiß. Ich erinnere mich aber daran, dass er mit einem blonden Mädel geredet hat – an ihren Namen kann ich mich nicht erinnern – sie ist mit Claires Schwester befreundet.«

Ganz offensichtlich meinte sie Maddie. »Hat er noch mit jemand anders geredet?«, fragte Danny.

»Ja, vorher – bevor er zu mir rüber kam, hat er mit dem Club-DJ gesprochen, mit Slikk. Vielleicht kennt er sie.« Sie schloss erneut die Augen und sank tiefer in die Kissen. »Ich bin müde«, sagte sie unvermittelt. »Ich hoffe, die Polizei buchtet ihn ein und wirft den Schlüssel weg. Er soll in seinem eigenen Saft schmoren.«

Danny richtete sich auf. »Schlaf noch eine Runde, Zoë«, sagte er und berührte leicht ihre Schulter. »Alles wird gut. Und das nächste Mal, wenn dir ein Fremder in einem Nachtclub Pillen anbietet ...«

»Sag einfach Nein«, Zoë unterbrach ihn mit einem leichten Lächeln. »Keine Bange. Ich hab meine Lektion gelernt. Keine Macht den Drogen.«

»Fein«, sagte Danny. »Du hättest ins Koma fallen können – oder schlimmer.«

Sie nickte nur.

»Danny ...«, kam Alex' Warnung.

Jemand war im Anmarsch und näherte sich dem Zimmer.

Danny steckte den Sender wieder in die Hosentasche, denn alle Informationen, die er brauchte, hatte er bereits. Er ging zur Tür und die beiden verließen das Zimmer.

Ein Mann und eine Frau mittleren Alters kamen auf sie zu. Die angespannten, ängstlichen Gesichter verrieten, dass es Zoës Eltern sein mussten. Nicht nur die Angst um ihre Tochter, auch die Anstrengung der übereilten Rückfahrt aus den schottischen Highlands hatten Spuren hinterlassen.

Danny und Alex verschwanden in dem langen Korridor.

»Alles klar«, meinte Danny zu Alex. »Nächster Halt – DJ Slikk.«

Die zwei waren auf dem richtigen Weg – ein Team, das nur zu gut wusste, was zu tun war.

Fünftes Kapitel

Maddie lief durch die Räume ihrer Wohnung wie ein gefangenes Tier. Es war mitten am Nachmittag und ihre Großmutter war mit Freunden ausgegangen – ein Tagesausflug zu den Schlossgärten von Sissinghurst. Gran war verrückt nach Blumen. Sie würde erst wieder am frühen Abend zu Hause sein. Maddie hätte mitfahren können. Aber sie wollte allein sein, hätte die Bekannten ihrer Oma nicht ertragen. Das hatte sie zumindest noch vor Stunden gedacht. Jetzt war sie sich nicht mehr sicher, ob sie richtig entschieden hatte. Wenn sie ehrlich war, wusste sie überhaupt nicht mehr, was sie eigentlich wollte. Allein der Wunsch, dass dieser Albtraum vorüberginge, bestimmte ihre Gedanken.

Ihr Vater war auf der Arbeit – ihre Freundinnen auf dem College. Und auch Alex und Danny hatten genug zu tun ohne ihre Telefonanrufe. Sie konnte mit niemandem reden. Dieses Gefühl der Nutzlosigkeit machte sie noch verrückt.

Sie versuchte zu lesen, konnte sich aber nicht konzentrieren. Die offensichtliche Lebensfreude, die aus dem Radio schallte, war für sie wie ein Schlag ins Gesicht. Tagsüber fernzusehen war auch nicht besser – lächelnde Gesichter im Großformat, öde Talkshows mit absurden Themen oder eitel Sonnenschein leinwandfüllend auf allen Kanälen. Die Idylle tat weh und sie schaltete nach ein paar Minuten wieder ab.

Ihr gingen nicht allein das Nichtstun und die Isolation an die

Nieren. Am schlimmsten war die Ungewissheit. Tatsache war, sie war im Besitz von Tabletten aufgegriffen worden. Wenn die Analyse positiv ausfiel und es sich um illegale Drogen handelte, wie würde sie dann beweisen können, dass die Gems nicht von ihr waren? Wie konnte sie sich von dem Verdacht reinwaschen, wenn sie nichts unternahm und tatenlos zu Hause herumsaß.

Nein, sie musste etwas tun. Maddie traf eine Entscheidung. Sie würde nicht länger das Opfer spielen. Sie marschierte in ihr Zimmer und suchte nach ihrem Handy. Dann scrollte sie sich durch ihre Telefonliste. Pauls Nummer wurde angezeigt, doch als sie wählte, erfuhr sie nur, dass es die Nummer nicht gab. *Klasse, Paul, richtig klasse!* Sie war wütend – was hatte sie eigentlich erwartet?

Sie fand Alex' Nummer und drückte die Wahltaste.

Er nahm sofort ab. Seine Stimme war wie ein Rettungsanker, den man ihr zugeworfen hatte. Sie atmete tief durch, fühlte sich schon besser.

»Hallo Maddie. Bei dir alles klar?«

»Nein, leider nicht«, gestand sie. »Aber ich hab eine Idee. Was, wenn ich Laura anrufe und sie frage, ob sie von Claire die Liste von allen bekommen kann, die auf der Party waren. Ich könnte ein paar Leute anrufen – herausfinden, ob ...«

»Besser nicht, Maddie«, Alex unterbrach sie. »Denk an deine Kautionsauflagen.«

»Aber ich muss irgendetwas unternehmen, Alex«, beharrte Maddie. »Ich dreh sonst durch.«

»Hör zu, Maddie.« Alex' Stimme war ruhig, aber bestimmt. »Die Kautionsauflagen beinhalten, dass du nicht ins Cloud Nine zurück darfst und auch keinerlei Kontakt zu möglichen Zeugen aufnehmen darfst. Wenn du auch nur eine Auflage nicht beachtest, manövrierst du dich in richtig große Schwierigkeiten.«

»Ich bin sowieso schon in Schwierigkeiten«, muckte Maddie auf. »Was kann schon Schlimmeres passieren?«

»Du könntest beim PIC rausgeworfen werden«, sagte Alex scharf.

Maddie war still. Die Wut nahm ihr beinah die Luft.

»Du bist nicht alleine«, versicherte Alex. »Verhalt dich einfach ruhig. Ich ruf dich an, sobald ich was Neues weiß. O.k.?«

»Ja.« Maddie beendete das Gespräch abrupt und warf voll Zorn ihr Handy aufs Bett. Wieder eine Mauer, wieder Nichtstun. Sie machte ihrer Aggression Luft, nahm ihren Stuhl und schmiss ihn mit aller Kraft quer durchs Zimmer.

Mit einem lauten Krachen knallte er an die Wand.

Maddie stand zitternd da und starrte auf den zerbrochenen Stuhl. Das Ausmaß ihrer Gefühle und die ungezügelte Wut hatten sie selbst überrascht und verstört. Sie musste raus, das Haus verlassen, bevor sie etwas Unüberlegtes tat. Sie rannte aus dem Zimmer, griff fix nach ihren Haustürschlüsseln. Die Tür fiel knallend hinter ihr ins Schloss – sie musste eine Runde rennen, ihre Wut abbauen und Energie verbrennen.

Ein Telefonat mit der Geschäftsführung vom Cloud Nine hatte Alex und Danny die Adresse verschafft. Muswell Hill. Das oberste Apartment in einem kleinen Mittelreihenhaus. Das Namensschild neben dem Klingelknopf war leer.

Alex klingelte und die zwei Trainees warteten.

Nichts rührte sich und nachdem alles ruhig blieb, klingelte er überall. R. Thompson. M. Lamble – die zwei anderen Klingeln waren beschriftet. Falls DJ Slikk nicht da war, konnte ihnen vielleicht einer der Nachbarn weiterhelfen.

Sie hörten gedämpfte Schritte die Treppen hinunterkommen.

»Treffer«, meinte Alex.

Die Tür ging auf und eine verschlafene Frau mit zerzaustem Haar starrte sie unwillig an. Sie war in einen Morgenmantel gehüllt.

»Wir suchen DJ Slikk«, sagte Alex höflich.

»Entschuldigen Sie vielmals die Störung«, fügte Danny hinzu und ließ seinen Charme spielen, indem er ihr sein strahlendstes Lächeln schenkte.

Sie öffnete die Tür einen Spaltbreit, sodass sie sich an den Türrahmen lehnen konnte, während sie die beiden von oben bis unten ausgiebig musterte.

»Seid ihr Bullen?«, fragte sie dann.

»Wie kommen Sie denn da drauf?«, wollte Danny wissen.

Sie hob nur spöttisch die Augenbraue. »Ihr seht nicht gerade wie Vertreter aus«, sagte sie. »Und niemand, der mich kennt und einen Deut auf seine eigene Sicherheit gibt, würde so blöd sein, zu dieser Tageszeit an meiner Tür zu klingeln. Vielleicht noch aus geschäftlichen Gründen. Aber ich arbeite nun mal nachts, versteht ihr? Ich brauche meinen Schönheitsschlaf und kann Störungen überhaupt nicht gebrauchen. Das könnte sehr ungemütlich für euch werden.« Sie grinste.

»Sind Sie DJ Slikk?«, hakte Alex nach.

»Nur wenn ich arbeite«, erklärte sie. »Ich bin Sandy. Ich vermute mal, ihr seid hier, um ein paar Fragen wegen letzter Nacht loszuwerden. Wegen Paul.«

»Weißt du etwas über ihn?« Alex fand ihre direkte Art unkompliziert und erfreulich.

»Dürfen wir hereinkommen?«, schlug Danny vor.

Sie sah beide scharf an. »Ihr könnt in den Flur kommen«, sagte sie. »Aber das war's dann.«

Sie ließ sie herein. Danny schloss die Tür hinter sich und Sandy setzte sich auf eine der Treppenstufen, die in die obere Etage führten. »Cloud Nine hat eine superstrikte Anti-Drogenpolitik«, begann sie. »Wenn ich normalerweise jemanden in Verdacht habe, sage ich den Ordnern Bescheid und die werfen denjenigen ohne Umschweife raus. Aber mit Paul war ich mir nicht sicher – nicht gleich.«

»Man hat euch zusammen gesehen«, stellte Alex fest. »Kennst du ihn?«

Sandy schüttelte den Kopf. »Er kam zu mir rüber und erzählte 'ne Weile – hing nur so rum. Wir haben uns über Musik unterhalten, Auftritte und so. Dann sagte er, dass er wüsste, wie man abends richtig abheben könnte. Da bin ich misstrauisch geworden. Ich hab ihm Hackett gezeigt. Hackett ist unser Top-Rausschmeißer – wie ein Panzerschrank gebaut. Ich hab zu ihm gesagt: ›Siehst du den Kerl da drüben? Er riecht Drogen auf fünfzig Meter. Wenn er jemanden erwischt, der hier drin mit Drogen dealt, dann reißt er dem die Beine aus und stopft sie ihm in den Rachen, bevor er ihn der Polente ausliefert. Kapierst du?‹ Paul war mächtig cool. ›Glaubst du ernsthaft, ich wär ein Dealer?‹, hat er geantwortet. ›Niemals.‹«

Sandy lächelte schief. »Da hab ich nachgehakt – ›...und was hast du gemeint, was dich abheben lässt?‹ Er hat mich süß angelächelt. ›Ich hab davon gesprochen, dass wir zusammen sind‹, hat er ganz unschuldig gesagt. ›Ich wette, ich bring dich zum Fliegen!‹ Deshalb hab ich schnell noch mal auf Hackett gedeutet. ›Er ist mein Freund‹, hab ich gesagt. ›Wie wär's, wenn ich ihm erzähle, was du mir gerade gesagt hast?‹«, Sandy lachte. »Das war das Letzte, was ich von ihm gesehen habe – bis das Mädchen ein paar Stunden später umgefallen ist und Blondie ihre Erste-Hilfe-Nummer abgezogen hat.«

»Blondie?« Alex musste grinsen.

»Das Klassemädel, das verhaftet wurde«, präzisierte Sandy. »Das war kompletter Humbug, die Verhaftung meine ich – ich war gerade oben auf der Galerie, als das Mädchen zusammengebrochen ist.« Sandys Augen blitzten, sie verrieten einen wachen Verstand. »Ich schätze mal, Paul hat es geschafft, wenigstens ein bisschen zu dealen. Sie hatte viel zu viel davon intus – vermute ich jedenfalls. Aber jetzt kommt der absolute Hammer – sie lag auf dem Boden und Blondie versuchte, ihr zu helfen – und dann habe ich gesehen, wie Paul an ihrer Seite kniete und etwas in ihre Tasche schaffte. Es ging superschnell und ich war mir nicht hundertprozentig sicher, aber ich glaube, es war ein Bündel Geldscheine – und vielleicht noch was anderes.« Sie sah Alex und Danny an. »Drogen, vermute ich. Denn Paul stand auf und verpisste sich. Ich bin ihm gefolgt, aber er hat sich spurlos abgesetzt. Als ich zurückgekommen bin, war Blondie schon verhaftet worden.«

»Warum hast du das nicht der Polizei erzählt?«, fragte Danny.

Sie hob noch einmal die Augenbraue. »Ich dachte, das hätte ich gerade getan«, sagte sie mit ironischem Unterton. »Wie ich schon gesagt habe – die Bullen marschierten rein, schnappten sich das Mädchen und marschierten wieder raus, bevor ich zurück war. Ich hab schon an andern Orten gearbeitet, wo es Razzien gab. Da machen sie normalerweise ein Lokal dicht und stellen jede Menge Fragen, bevor die Leute gehen dürfen. Aber diesmal schienen sie offensichtlich genau zu wissen, wen sie suchen.« Sandy hatte gut beobachtet. Sie war darauf geschult, herauszufinden, was bei ihren Gästen gut ankam – und Dinge im Blick zu behalten.

»Wärst du bereit, eine schriftliche Zeugenaussage zu machen und alles, was du uns erzählt hast, zu Protokoll zu geben?«, fragte Danny vorsichtig.

»Klar«, sagte Sandy. »Blondie wurde sicher in eine Falle gelockt. Wer ist sie? Jemand Besonderes? Eine Freundin von euch?«

Alex gab sich geheimnisvoll. »Danke für die Hilfe, Sandy«, sagte er nur. Er nahm einen Notizblock heraus und kritzelte die Telefonnummer der Polizeistation von Charing Cross auf einen Zettel. »Das sind die Leute, die den Fall bearbeiten«, erklärte er. »Erzähl ihnen alles, was du uns gesagt hast.«

Sandy folgte ihnen bis zur Tür. »Ihr gehört gar nicht zu den Bullen, oder?«, stellte sie fest. »Wer seid ihr Jungs?«

Danny öffnete die Tür. »Denk dir einfach, wir wären die *Men In Black*,«, meinte er.

»Ihr tragt kein Schwarz und Außerirdische sind auch gerade nicht in der Nähe«, rief Sandy ihnen lachend nach, als sie den Pfad durch den Vorgarten zur Straße liefen. Danny drehte sich am Zaun um. »Wir sind undercover hier«, sagte er, ihm gefiel das Spiel. »Mach das Richtige, Sandy – ruf an.«

Zoë hatte bestätigt, dass Paul ein Dealer war – Sandy hatte ausgesagt, dass sie sicher war, gesehen zu haben, wie er etwas in Maddies Tasche getan hatte. Danny und Alex hatten nur mit zwei Leuten gesprochen und schon zwei relevante Zeugen zu Maddies Verteidigung gefunden. Die Welt sah wieder rosiger aus. Ihre Ermittlungen waren absolut erfreulich gelaufen. Alle für eine – die zwei hatten sich für ihre Partnerin wacker geschlagen.

568 Hammersmith Grove: Die Adresse war nicht gerade die beste und Wohnung B konnte man nicht unbedingt als ein Schmuckstück bezeichnen. Das Zimmer gehörte nicht erst seit gestern renoviert. Die Farbe an der Decke war vergilbt und hatte Flecken, die Tapete kam schon von den Wänden und die Billigmöbel boten auch keinen besseren Anblick. Im Zimmer befand sich ein ungemachtes Bett.

In der Nähe der französischen Fenster saß ein Mann an einem Tisch. Durch die schmutzigen Scheiben konnte man den Garten erkennen – ein Chaos aus Unkraut und Brombeersträuchern. Der Mann beugte sich über ein Blatt Papier, auf dem kreuz und quer gezogene Linien eine Reihe von Namen verbanden, ähnlich einem Familienstammbaum, eine Darstellung von Bezügen von Person zu Person. Die Konstellationen führten schließlich zu einem einzigen Namen.

Der Mann kannte das Diagramm in- und auswendig, aber er betrachtete es wie besessen – starrte darauf mit kaltem Zorn in den Augen.

Am unteren Ende der Seite war einer der vielen Namen eingekreist.

Claire Petrie.

Daneben fand sich die Zusatzinformation: *Geburtstagsfeier zum 18. – Cloud Nine.*

Eine Linie führte zu einem weiteren Namen – *Laura Petrie.*
Die horizontale Linie ging zu weiteren Namen.

Einer davon war *Maddie Cooper* – ebenfalls eingekreist. Die Linie, die von Maddies Namen abging, reichte bis zum oberen Rand der Seite.

Dort stand ein einzelner Name, hervorgehoben durch hart abgesetzte Großbuchstaben: *JACK COOPER.*

Der Mann griff nach einem roten Füller und einem Lineal. Er

zeichnete präzise und ordentlich einen Galgen neben den Namenszug und lächelte in sich hinein. Selbstzufrieden skizzierte er freihändig ein Strichmännchen, das in der roten Schlinge hing.

Die Tür ging auf und eine Frau betrat den Raum. Sie griff nach einer Jacke, die über der Stuhllehne hing, und lief dann geschmeidig zu dem Mann hinüber.

»Es ist viertel vor zwei«, sagte sie. »Ich muss zurück.« Sie beugte sich vor und küsste den Mann aufs Haar. »Ian? Hörst du mir überhaupt zu? Ich muss wieder zur Arbeit.«

Er sah auf und nahm dann ihre Hand. »Hör mal, Red, warum nimmst du dir nicht heute Nachmittag ausnahmsweise frei?«

Sie schüttelte den Kopf, obwohl sie sein Vorschlag in Versuchung brachte. »Du weißt, dass ich das nicht machen kann.«

Sie zog ihre Hand zurück und nahm die schwarze Aktentasche vom Stuhl. »Es muss alles nach Plan laufen«, sagte sie. »Ich werd den Teufel tun und jetzt die Aufmerksamkeit auf mich lenken.«

Er zuckte die Schultern und nickte. »Wie gehst du damit bei der Arbeit um?«, fragte er besorgt.

»Ich schaff das schon«, beschwichtigte sie ihn. »Alles läuft bestens.« Sie beugte sich über den Tisch und nahm Ian den Füller aus der Hand. »Wir kriegen Sie, Chief Superintendent«, sagte sie triumphierend. Sie kritzelte über Jack Coopers Namen, bis die Buchstaben unkenntlich waren.

Ian stand auf und nahm sie in die Arme. »Du und ich, Red.« Sie küsste ihn. »Ich und du«, sagte sie bestimmt. Gemeinsam waren sie stark. Ihre Liebe würde ewig halten.

Sechstes Kapitel

Maddie joggte. Sie nutzte den Broad Walk im Regent Park. Den Zoo hatte sie hinter sich gelassen und war gerade zum zweiten Mal an der Wolf Enclosure vorbeigekommen. Es war spät am Nachmittag und sie rannte unermüdlich. Mit einer grimmigen, freudlosen Beharrlichkeit und mit gesenktem Kopf umrundete sie den Park. Die Rhythmen des Londoner Senders X-FM hämmerten in ihren Ohren.

Nicht nur die Musik trieb sie an; sie musste weiterlaufen – weiterlaufen, bis sie so erschöpft war, dass sie keinen Schritt mehr tun konnte. Dann erst würde sie sich nach Hause schleppen. Vielleicht würde sie dann Schlaf finden und den Wahnsinn für ein paar Stunden vergessen.

Die Musik aus ihrem Radio dröhnte so laut, dass sie das beständige Klingeln ihres Handys erst hörte, als die Nachrichten kamen und sie leiser drehte. Sie nahm die Kopfhörer ab und sah, dass der Anruf von Danny kam. Sie blieb nicht stehen, um den Anruf entgegenzunehmen, rannte aber langsamer.

»Hi Maddie – sitzt du gerade?«

»Kann man nicht unbedingt behaupten«, keuchte Maddie.

»Wir haben heiße Neuigkeiten für dich«, sagte Danny.

Maddie hörte wortlos zu, während Dannny ihr von ihren Ergebnissen erzählte.

»Alex und ich denken, dass es nur noch eine Frage der Zeit ist«, schloss Danny, »bis du wieder an Bord bist.«

Maddie fiel ein Stein vom Herzen. Sie schrie vor Freude und Erleichterung – sprang in die Luft und boxte den Himmel. Ihre Wut war verraucht und die Verzweiflung machte der Hoffnung Platz.

»Hey – Vorsicht mit meinem Trommelfell!«, lachte Danny fröhlich.

»Entschuldige«, japste Maddie.

»Wir fahren jetzt zur Zentrale«, teilte ihr Danny mit. »Wir werden dem Boss die frohe Botschaft überbringen.«

Ein Hauch von Sorge schlich sich in ihre Stimme. »Hat Dad euch auf den Fall angesetzt?«, fragte sie. »Heute Morgen hat er mir erzählt, dass das PIC von dem Fall abgezogen worden ist.«

»Uh ... hat er das gesagt?« Danny wich aus. »Schätze, dann haben wir das wohl vergessen.«

»Ihr werdet Schwierigkeiten bekommen – und nicht zu knapp«, stellte Maddie trocken fest.

»Auf keinen Fall«, meinte Danny. »Der Boss wird so zufrieden sein, dass wir wahrscheinlich befördert werden.«

»Da würde ich nicht drauf wetten«, stellte Maddie klar. »Aber ich könnte euch abknutschen – ihr wisst gar nicht, was mir das bedeutet.«

»Jetzt übertreib nicht, Maddie. Das ist doch selbstverständlich. Wir sehen uns im Büro, o. k.?«

»O. k.«

Sie kannte ihren Vater gut genug, um zu wissen, dass den Jungs noch etwas bevorstand.

Danny legte auf. Auch er kannte den »Wolf«, aber er wusste auch, dass sie sich jederzeit wieder so verhalten würden.

Maddie hob ihren Kopf. Ihre Augen glänzten und ein Grinsen machte sich auf ihrem Gesicht breit.

Während sie weiterjoggte, schien der Boden unter ihren Füßen nur so dahinzufliegen. Sie fühlte sich befreit und ihre alte Entschlossenheit kehrte zurück.

Im Büro des Detective Chief Superintendent standen Danny und Alex nebeneinander vor dem Schreibtisch von Jack Cooper wie reuige Sünder. Alex hatte gerade seinen Bericht abgeschlossen. Cooper hatte die ganze Zeit mit versteinerter Miene zugehört.

Den zwei Auszubildenden kam die Zeit endlos vor, bis ihr Boss das Wort ergriff und das Schweigen endlich brach.

»Ich hatte Ihnen unmissverständlich mitgeteilt, dass Sie Ihre Finger von der Untersuchung lassen sollen«, sagte er mit schneidender, leiser Stimme.

»Ja, Sir«, bestätigte Alex.

»Sie haben beschlossen, meine Anweisungen zu ignorieren.«

»Ja, Sir«, kam Alex' Antwort kleinlaut.

Jack Cooper beugte sich leicht vor. Sein Blick fixierte seine Trainees eindringlich. »Sollten Sie jemals wieder einen direkten Befehl verweigern«, bellte er, »dann feure ich Sie so schnell aus dem Laden hier, dass Sie am Hintern Brandblasen bekommen von der Reibung! Ist das klar?«

»Glasklar, Sir«, warf Danny ein.

Cooper schwieg erneut.

Dann sagte er unvermittelt: »Ich gehe davon aus, dass Sie schon mit Maddie gesprochen haben?«

»Ja, Sir. Am Telefon.«

Jack Cooper nickte. Er kannte die Jungs. »Wie hat sie reagiert?«

»Sie hat mir direkt ins Ohr gebrüllt, Sir«, gab Danny Maddies Gefühlsausbruch wider. »Ich schätze, sie hat sich gefreut.«

Jack Coopers Mundwinkel zeigten für den Bruchteil einer Sekunde den Anflug eines Lächelns.

»Reden wir nicht mehr darüber«, schloss er.

»Danke, Sir«, sagte Alex.

»Sie sind spitze, Boss«, sagte Danny.

»Nur keine Schmeicheleien, Danny«, drohte Cooper. »Ich nehme an, Ihre – nicht ganz erfolglose – inoffizielle Spritztour durch die Stadt bedeutet, dass Sie demgegenüber keinerlei Fortschritte im Bezug auf Operation Flatline gemacht haben. Oder haben Sie bereits ein Treffen mit besagtem Drogendealer arrangiert?«

»Steht ganz oben auf der Liste, Sir«, sagte Danny. »Ich rufe meinen Informanten umgehend an – sobald wir hier raus sind.«

»Sehen Sie zu, dass unsere Ermittlungen vorangehen«, betonte Cooper. »Vereinbaren Sie umgehend ein Treffen – und beschaffen Sie einen Haftbefehl. So schnell wie möglich.«

Erst nachdem Alex und Danny sein Büro verlassen hatten, erlaubte sich Jack Cooper ein Lächeln. Auch wenn er Alex' und Dannys Aktion nicht gutheißen konnte, war er froh, seine Tochter aus der Schusslinie zu wissen. Er griff nach dem Hörer.

»Bitte verbinden Sie mich mit Detective Chief Superintendent Reeves vom Revier in Charing Cross, Jackie«, sagte er.

Maddies innerer Zustand hatte sich um 180 Grad gedreht. Sie hatte vor ein paar Stunden mit ihrem Vater gesprochen. Sie war nicht länger verdächtigt, sondern die Untersuchung konzentrierte sich auf andere Aspekte.

Der Esstisch in der Wohnung der Coopers quoll über. Die Überreste zeugten von einem gigantischen chinesischen Takeaway. Gran hatte eine Flasche kalifornischen Chardonnays gekauft, um mit Jack und Maddie zu feiern.

»Auf uns«, sagte sie, als sie ihre Gläser erhoben und anstießen. Sie lächelte Maddie stolz an. »Einen Cooper schafft man nicht so leicht!«

»Da hast du verdammt Recht!«, lachte Maddie.

Die drei saßen selten gemeinsam am Tisch. Jack Coopers Beruf erlaubte keine regelmäßigen Essgewohnheiten. Deshalb fand Maddie es umso schöner, dass er sich gerade jetzt die Zeit nahm und um kurz nach halb neun zu Hause war.

Die Coopers hatten schon richtig schlechte Zeiten gemeinsam durchgestanden. In einer schrecklichen Nacht, die sich Maddie für immer ins Gedächtnis eingebrannt hatte, waren sie und ihre Eltern auf offener Straße brutal niedergeschossen worden. Jack Cooper, das eigentliche Ziel, hatte einflussreichen Mafiosi auf die Füße getreten. Maddies Vater hatte den Anschlag überlebt, aber er würde den Rest seines Lebens im Rollstuhl verbringen. Auch Maddies geplante Karriere als Tänzerin war in dieser Nacht vor fünfzehn Monaten für immer zunichte gemacht worden. Eine Kugel hatte ihre Hüfte getroffen – sie würde nie wieder tanzen können. Aber das alles war nichts, war bedeutungslos, denn schlimmer als dies alles war: Ihre Mutter hatte den Anschlag nicht überlebt. Diese Schüsse hatten das Leben der Coopers verändert.

Maddies Großmutter hatte geholfen, die erste schlimme Zeit zu überstehen. Es hatte lange gedauert, aber irgendwie konnten Maddie und ihr Vater die Kraft finden, weiterzumachen.

Jack Cooper hatte sich in seine Arbeit vergraben. Maddie musste den Verlust anders verarbeiten. Als sie sich aus dem tiefen Tal ihrer Trauer schließlich befreien konnte, wusste sie, was ihre neuen Ziele im Leben waren: die Arbeit für das PIC, gegen das Verbrechen. Maddie hatte ihre neue Aufgabe entdeckt – als PIC-Trainee. Erst jetzt, als ihr das beinahe wieder genommen worden war, erkannte sie, wie sehr sie an diesen Aufgaben hing.

Maddie nippte am Wein und sah ihren Vater dabei über den Glasrand hinweg an.

»Und was passiert jetzt?«, wollte Maddie wissen.

»Charing Cross konzentriert sich darauf, diesen ominösen Paul zu finden«, erklärte ihr Vater. »Er ist der Schlüssel. Wenn wir ihn schnappen, dann haben wir alle Fäden in der Hand. Das glaube ich jedenfalls.« Er sah sie an. »Sie werden dich als Zeugin brauchen, wenn sie ihn aufgreifen.«

Maddies Augen glänzten. »Ich kann es kaum erwarten«, sagte sie. »Schade, dass wir nichts mit den Fall zu tun haben – ich würde ihn nur zu gerne in die Finger bekommen.«

Sie sah ihren Vater erwartungsvoll an. »Darf ich morgen wieder zum Dienst?«

»Kannst du, wenn du möchtest«, antwortete ihr Vater. »Aber es wäre vielleicht nicht so schlecht, wenn du dir einen Tag freinehmen würdest. Mach eine Pause – und amüsier dich.«

Maddie brauchte nur kurz nachzudenken. »Gar keine so schlechte Idee. Das werde ich tun.« Sie strahlte ihren Vater an. »Ich könnte einkaufen gehen.«

Ihre Großmutter musste lachen. »Da bist du gradewegs reingetappt, Jack«, prustete sie vergnügt. »Ich denke, dass ist dein Stichwort, um die Brieftasche zu zücken.«

Siebtes Kapitel

Maddie kam aus der Dusche und ging in ihr Zimmer, wo die Stereoanlage ihre Lieblingsmusik spielte. Atmosphärische Trance-Musik der Extraklasse, wie sie fand. Es war 10 Uhr 47 an diesem Mittwochmorgen. Sie stand am Fenster und ließ ihren Blick über die ungewöhnlich geschwungenen Dächer des Londoner Zoos schweifen. Der Himmel war klar und strahlend blau und der vertraute Anblick des Regent Parks zauberte ein Lächeln auf ihre Lippen.

Gestern hatte alles noch ganz anders ausgesehen. Heute hatten sich die Wolken verzogen, das Grau in Grau war wie weggefegt und ihr Leben verlief wieder in seinen gewohnten Bahnen. Maddie hatte den Tag für sich und wollte das Beste daraus machen. Sie war sich noch nicht sicher, *was* sie machen würde, aber sie hatte schon mehrere Pläne geschmiedet. Ein Ausflug zum Covent Garden stand ganz oben auf ihrer Liste, oder sie würde sich einen Tag lang ernsthaft ins Schlussverkaufsgetümmel auf der Oxford Street stürzen – Einkaufstherapie. Ihr Vater wäre begeistert ...

Dann fiel ihr ein, was sie noch wollte: Mittagessen mit Alex und Danny.

Sie drehte die Anlage leiser und räkelte sich auf ihrem Bett. Mit sicherem Griff fand sie ihr Handy und schaltete es ein. Sie würde die Jungs anrufen – vielleicht hätten sie Zeit, um sie später zu treffen.

Es piepte zweimal, als eine Nachricht auf ihrem Anrufbeantworter angezeigt wurde.

Sie drückte die Kurzwahl, um ihre Mailbox abzuhören.

Die Stimme klang allzu vertraut. »Hallo, Maddie – hier ist Paul – erinnerst du dich – aus dem Cloud Nine? Ich muss unbedingt mit dir reden. Ruf mich zurück, sobald du diese Nachricht erhältst. Es ist dringend.«

Sie starrte ihr Telefon an, als wäre ein Außerirdischer darin – sie war geplättet. Das Allerletzte, womit sie gerechnet hatte, war ein Anruf von Paul. Was wollte er von ihr? Sie war überrascht, dass er es wagte, sie anzurufen.

Maddie zögerte, denn sie war sich unsicher, wie sie damit umgehen sollte. Sollte sie Alarm schlagen? Alex oder Danny anrufen? Mit ihrem Vater sprechen?

Andererseits war sie es einfach leid, Opfer zu sein. Paul hatte sie als leichte Beute angesehen. Jetzt hätte sie Gelegenheit, ihm zu beweisen, wie Unrecht er damit hatte. Sie würde zurückschlagen. Und diesmal wäre sie vorbereitet – sie würde nicht wieder auf Pauls nette Reden hereinfallen.

Sie wählte »Zurückrufen« aus und drückte die Wahltaste.

Er nahm direkt ab.

»Ich hab deine Nachricht erhalten«, sagte sie ruhig, aber ihre Stimme war schneidend kalt. »Was willst du?«

»Wir müssen uns treffen«, beschwor Paul sie. »Ich will dir helfen.«

Maddies Augen verengten sich vor Argwohn. Er klang besorgt – wenn sie es nicht besser gewusst hätte, hätte sie vielleicht sogar auf ängstlich getippt. Aber sie vermutete, dass er nur so tat.

»Ich hör dir zu«, sagte sie ausdruckslos.

»Ich bin dafür bezahlt worden, dich in die Falle zu locken«, erklärte er. »Es war eigentlich nur ein Job – leicht verdiente Kohle. Fünfhundert Pfund dafür, dir die Tabletten und das Geld unterzuschieben.« Er machte eine Pause. »Ich mag dich«, sagte er einfach. »Ich will nicht, dass dir etwas passiert.«

»Was soll mir denn passieren?«

»Hör zu – der Mann, der hinter dem Ganzen steckt, ist 'ne ganz miese Type. Ich weiß, dass er gegen dich vorgehen will, und ich möchte nicht, dass du in irgendeiner Weise verletzt wirst. Treff dich mit mir – dann werd ich alles erklären.«

»Warum tust du das?«, fragte Maddie. Sie wusste nicht, woran sie war. Etwas in seiner Stimme ließ sie aufhorchen. »Treibt dich das schlechte Gewissen?«

»So was in der Art.« Paul klang gehetzt. »Ich kenne den Typ. Du hast es nicht verdient, dass er hinter dir her ist. Treff mich um drei heute Nachmittag bei der U-Bahn-Station von Earl's Court. Ruf mich auf dieser Nummer an, sobald du dort bist – ich sag dir dann, was du tun musst.«

»Warum sollte ich dich nicht direkt der Polizei ausliefern?«, fragte Maddie.

»Wenn du das tust, sag ich gar nichts«, stellte Paul klar und diesmal glaubte sie ihm aufs Wort. »Earl's Court. Drei Uhr. Sag's niemandem. Komm allein. Vertrau mir, Maddie – wir müssen reden. Der Typ macht keine Scherze.« Irgendetwas in Pauls Stimme ließ Maddie erschauern. »Die Verhaftung war nur ein Vorgeschmack – er will dir wirklich schaden. Er will Blut sehen, deins.«

Maddie starrte nachdenklich auf ihr Display. Paul hatte das Gespräch beendet, dabei hatte sie noch so viele Fragen. Sie beschloss, sich mit ihm zu treffen.

Danny saß auf seinem Schreibtisch in der Zentrale, die Füße lässig auf dem Stuhl. Das Telefon auf den Knien erwartete er jeden Moment den Anruf seines Informanten. Ganz in der Nähe stand Alex.

»Er ist spät dran«, stellte Alex mit einem Blick auf seine Uhr fest. Warten war nicht gerade eine seiner Stärken, sich in Geduld zu üben fiel ihm immer noch schwer – trotz des harten Trainings für das PIC.

»Das geht schon klar«, meinte Danny. Er bot Alex M&Ms aus der Tüte an, doch Alex lehnte ab. Essen würde ihn nicht ablenken …

Endlich klingelte das Telefon. Danny zählte bis zehn, bevor er den Hörer abnahm. »Guten Tag«, sagte er mit sanfter, aalglatter Stimme. »Sie sprechen mit Kid Gloves Umzugs- und Entrümpelungsunternehmen. Mein Name ist Daniel Dubbin, was kann ich für Sie tun?«

Alex grinste vor sich hin. Danny war in solchen Dingen einfach unschlagbar.

»Ah, Mr Silver. Ja, ich habe Ihren Anruf erwartet.« Danny nickte Alex vielsagend zu. »Ja, selbstverständlich können wir Ihnen helfen. Würden Sie mir bitte die Einzelheiten durchgeben?«

Die Mitarbeiter des PIC hatten eine ganze Reihe von Scheinfirmen auf die Beine gestellt. So sicherten sie die Kontaktaufnahme zu ihrem Netzwerk an Informanten. Jeder besaß ein eigenes Passwort und eine eigene Telefonnummer. Ein Anruf für Kid Gloves Umzugs- und Entrümpelungsunternehmen zum Beispiel ging in der Schaltzentrale des PIC auf einer bestimmten Leitung ein. Jackie Saunders stellte den Anruf an den entsprechenden Agent, in diesem Fall an Danny Bell, durch. Jeder, der auf Wiederwahl ging oder versuchte, den

Anruf zurückzuverfolgen, würde durch dasselbe System geleitet werden. So waren alle Scheinfirmen nach außen abgesichert und die Undercover-Aktionen konnten nicht auffliegen.

»Sie haben ein Sofa um 1880, eine Biedermeier-Recamière aus Walnussholz mit Schnitzereien im Eastlake-Stil, die Sie gerne von uns abholen lassen würden«, wiederholte Danny. »Sicher, Sir, selbstverständlich können wir Ihnen helfen. Wo sollen wir das gute Stück abholen?« Danny kritzelte hastig eine Adresse mit. »Apartment 401, Edinburgh Mansions, Moscow Road, in Bayswater. Viertel nach drei heute Nachmittag«, bestätigte er. »Ja. Ich denke, es wird keine Schwierigkeiten geben. Werden Sie auch da sein? Nein. In Ordnung. Das ist kein Problem. Ich melde mich, sobald unser Geschäft erfolgreich abgeschlossen ist. Dann können wir über die entsprechende Vergütung reden. Danke für Ihren Auftrag. Wir hoffen, dass Sie auch in Zukunft mit Kid Gloves zufrieden sind und freuen uns auf eine weitere Zusammenarbeit.«

Danny legte den Hörer auf.

Er rieb sich zufrieden die Hände. Das Treffen konnte steigen.

Die Türen der U-Bahn glitten zischend auf. Es war 15 Uhr 07, als Maddie die Plattform betrat. Sie war mit der District Line Richtung Westen gekommen. Dieser Teil der U-Bahn-Station von Earl's Court lag überirdisch, einige der Bahnsteige waren mit einer Stahl-Glas-Konstruktion überdacht.

Es befanden sich nur wenige Leute auf dem Bahnsteig – zwischen der Mittagszeit und dem Stoßverkehr am Spätnachmittag war es merklich ruhiger.

Maddie ging zu den Ausgängen. Sie hatte zwei Möglichkeiten zur Auswahl – entweder sie nahm die Treppen hoch auf die Straße oder sie folgte dem Gang, der nach unten zur Piccadilly Line führte. Sie hielt an und sah sich um. Wo war dieser Paul? Sie konnte ihn nirgends entdecken und beschloss, dass sie ihn anrufen würde.

Seit dem Gespräch mit ihm hatte sie lange und ausführlich darüber nachgedacht, was sie tun wollte. Paul konnte jede Menge Gründe haben, sie zu täuschen. Sie könnte sich in Gefahr begeben. Ihr Vater würde ihr auf der Stelle befehlen, das Ganze abzublasen, die Finger davon zu lassen. Jack Cooper hätte den korrekten Weg eingeschlagen und die Informationen an die Ermittlungsbehörde von Charing Cross übergeben. Doch dann hätte sie, Maddie, keinerlei Chance gehabt, auch nur in die Nähe von Paul zu kommen.

Und das genügte ihr einfach nicht. Sie wollte das Spiel nicht aus der Hand geben, sondern selbst den Spielstand ausgleichen. Paul hatte sie durch die Hölle geschickt. Sie wollte ihm in die Augen sehen, um ihm und sich selbst zu beweisen, dass sie in der Lage war, mit der Situation fertig zu werden.

Sie nahm ihr Handy heraus und tippte nachlässig die Nummer, die Paul ihr gegeben hatte.

Paul antwortete beim ersten Klingeln.

»Ich bin da«, bestätigte sie. »Und was jetzt?«

Paul Gilmore war im hinteren Bereich des letzten Abteils der U-Bahn, die auf dem Bahnsteig der District Line hielt. Ein Mann saß mit dem Rücken zu ihm und las Zeitung. Ansonsten war das Abteil leer.

Paul war schweißgebadet, er war übernervös. Sein Haar klebte an der Stirn und er sah unruhig umher wie ein gehetztes Tier. In der rechten Hand hielt er sein Handy. Er wechselte es nur in die andere, um seine schwitzenden Hände an der Jeans abzuwischen.

Obwohl er darauf gewartet hatte, erschreckte ihn das plötzliche Klingeln. Ihm stockte der Atem. Er rang nach Luft. Sein Herz schlug ihm bis zum Hals, als er das Gespräch entgegennahm.

Maddies Stimme: »Ich bin da. Und was jetzt?«

»Wo bist du?«, fragte Paul mit leiser Stimme.

»District Line. Auf dem Bahnsteig Richtung Westen.«

»Gut. Sehr gut.« Sie hörte förmlich die Erleichterung in Pauls Stimme. »Ich sitze in der U-Bahn auf Bahnsteig 1, Richtung Osten. Ich bin im letzten Abteil. Beeil dich, Maddie. Es ist nicht sicher.«

Er beendete das Gespräch und ließ sein Handy wieder in die Tasche gleiten.

Seine Hände zitterten. Nicht mehr lange. Eine Frage von Minuten. Dann würde er Maddie treffen und ihr alles erklären können. Dann würde er wieder besser schlafen können.

Er hörte ein Geräusch in seinem Rücken. Als er sich umdrehte, sah er, wie der Mann hinter ihm sich erhob, die Zeitung lag auf dem Sitz neben ihm.

Der Mann schüttelte nur den Kopf. »Böser Junge«, sagte er sarkastisch.

Auf Pauls Gesicht spiegelte sich unendliche Angst. Er war gefangen – es gab keine Fluchtmöglichkeit.

Harvey Silver bog in eine kleine Seitenstraße in der Nähe der Überführung bei Hammersmith. Die Gasse war abgeschieden und menschenleer. Der schmale, dunkelhaarige Mann Anfang zwanzig stiefelte flott drauflos, aber seine Schultern hingen schlaff herunter und sein Blick war trüb.

Eine Frau trat unvermittelt aus einem zurückgesetzten Türbogen. Sie legte ihren Arm um Silvers Genick und zog ihn in das Versteck. Er hustete, klammerte sich verzweifelt an ihren Arm, während sie den Druck auf seine Luftröhre verstärkte.

»Also?«, flüsterte sie, ihr roter Mund nah an seinem Ohr.

»Du erwürgst mich«, keuchte er mühsam.

Sie lockerte ihren Griff. Silver drehte sich halb um, starrte sie mit weit aufgerissenen, ängstlichen Augen an. Er kam sich vor wie ein Kaninchen vor der Schlange.

»Ich hab angerufen«, stotterte er. »Er hat's mir abgenommen, ohne Probleme, reibungslos. Hat keinen Verdacht geschöpft. Er wird um viertel vor drei da sein.« Er blinzelte zu der Frau auf. »Ich hab gemacht, was man mir gesagt hat – kein Grund, schwere Geschütze aufzufahren.«

Sie grinste und ließ ihn so abrupt frei, dass er rückwärts stolperte und gegen eine Seite des Türbogens fiel. Er sah sie unsicher an, fasste dann Mut.

»Wo bleibt mein Geld? Mir sind hundert Pfund versprochen worden.«

Die Frau zückte ein Bündel Geldscheine. Beiläufig zählte sie einige 25-Pfund-Noten ab und ließ sie dann auf den Boden segeln.

Silver beugte sich gierig nieder, um sie aufzuklauben.

Die Absätze ihrer Schuhe erzeugten ein lautes Echo in der stillen Gasse, als Red rasch davonlief.

Harvey Silver verfolgte sie aus den Augenwinkeln. »War nett, mit Ihnen Geschäfte gemacht zu haben«, murmelte er. Er stopfte das Geld in die Tasche und schlich in die entgegengesetzte Richtung von dannen.

Zehn Sekunden später war die Gasse wieder wie ausgestorben.

Maddie stand auf Bahnsteig 1. Sie schritt die Länge des stehenden Zuges ab, in dem sich kaum Menschen befanden.

Als sie zum letzten Wagen kam, stieg sie ohne Zögern ein.

Der Wagen schien auf den ersten Blick leer. Dann entdeckte sie ganz am Ende des Abteils eine Person, die ihr den Rücken zuwandte.

Paul. Es konnte nur Paul sein.

Langsam ging sie durch das Abteil.

Er bewegte sich nicht.

Sie fühlte das Blut in ihren Schläfen pochen. Die Stille machte sie nervös – gerade an so einem öffentlichen Ort kam ihr die Lautlosigkeit, in der sie sich bewegte, unnatürlich vor. Beängstigend. Bedrohlich. Aber sie würde Paul die Meinung sagen, da kannte sie nichts.

Schließlich erreichte sie die sitzende Gestalt. Sein Kopf war leicht nach vorn gebeugt, als ob er etwas in seinem Schoß lesen würde. Ihr Mund war so trocken, dass sie kein Wort herausbrachte. Sie griff über die Lehne und berührte ihn behutsam an der Schulter. Ihr Herz hämmerte und ihre Hände zitterten.

Als sie ihn fester anstieß, klappte er wie in Zeitlupe in sich zusammen und rutschte haltlos auf den Boden des Abteils.

Erst dann entdeckte sie das Blut.

Achtes Kapitel

Maddie starrte wie gebannt auf die zusammengesunkene Gestalt am Boden. Der Schock schnürte ihr die Kehle zu. Dann stieg ein heiseres Schluchzen in ihr auf. Sie erstickte es, überging das Zittern ihrer Glieder und unterdrückte die aufsteigende Übelkeit.

Sie wusste sofort, dass er tot war. Schon bevor sie neben ihm kauerte, um ihre Vermutung zu bestätigen, wusste sie mit absoluter Gewissheit, dass Paul Gilmore ermordet worden war. Dennoch zwängte sie ihre Finger in seinen Kragen und suchte nach dem Puls der Halsschlagader. Sie sah sich um, prüfte den leeren Wagen, überflog den Bahnsteig durch die mit Graffiti beschmierten Fenster. Sie war allein, allein mit einem Toten.

Wie sie erwartet hatte, fand sie keinen Puls. Dafür lief Blut unter dem Körper des jungen Mannes hervor, langsam, aber stetig.

Maddie wollte wie eine normale Sechszehnjährige einfach nur wegrennen. Trotzdem blieb sie, denn als PIC-Trainee hatte sie keine Wahl. So schrecklich das alles war, sie hatte hier Arbeit zu tun – zügig und effektiv, wie sie es gelernt hatte.

Sie stand auf und bewegte sich rasch zur offenen Tür. Dort stellte sie ihre Umhängetasche in den Eingang. So würde die Tür beim Schließen blockieren und sie nicht mit Pauls totem Körper im Wagen einsperren.

Sie ging zur Leiche zurück, beugte sich herunter. Für die vor ihr liegende Aufgabe holte sie einmal tief Luft und wappnete sich.

Dann drehte sie ihn um. Pauls Brust bestand nur noch aus einer undefinierbaren, blutigen Masse. Maddie erkannte auf Anhieb, dass die Tatwaffe eine Pistole mit Schalldämpfer gewesen sein musste.

»Denk nicht drüber nach, Maddie – mach deinen Job«, sprach sie sich selbst leise Mut zu.

Leichter gesagt als getan. Doch ihre Ausbildung machte sich bezahlt. Alles, was sie trainiert hatte, fiel ihr wieder ein. Sie tastete die Kleidung Pauls ab – untersuchte die Revers, die Ärmelaufschläge und seine Säume nach Verstecken. Sie prüfte seine Schuhe und Socken, fuhr mit den Fingern den Hosenbund der Jeans nach – suchte nach einem Body-Belt. Im Kragen des Hemdes fühlte sie nach innen, ob er etwas um den Hals hängen hatte. Die oft geübte Reihenfolge bei schnellen Durchsuchungen hatte sie ohne nachzudenken parat: heimliche Verstecke zuerst, die offensichtlichen Plätze am Schluss. Sie ging seine Taschen durch und fand einen Ledergeldbeutel. Dazu ein schwarzes Plastikmäppchen für Kreditkarten, ein Schlüsselbund, ein Schweizer Offiziersmesser und Wechselgeld. Eine halbe Packung Kaugummis. Ein U-Bahnticket. Eine Sonnenbrille in einem weichen Etui. Ein Mini-Handy.

Maddie erstarrte, als ein lautes metallisches Zischen erklang. Der Zug klapperte und brummte, als die Maschinen für die Abfahrt angeworfen wurden.

Hastig sammelte sie Pauls Sachen zusammen und ging zur Tür zurück. Sie nahm ihre Tasche und warf die Gegenstände hinein, schmiss sie in einer Bewegung über die Schulter und verließ den Zug genau in dem Moment, in dem die Türen sich hinter ihr schlossen.

Sie sah sich noch einmal um und zwang sich, ruhig zu bleiben. Der Zug fuhr an. So beunruhigend die Stille im Zugwagen auch gewesen sein mochte, die Geräusche der sich beschleunigenden Bahn waren noch beängstigender. Umhüllt vom Lärm konnte ein Mörder sich gefährlich nah heranpirschen.

Maddie eilte Richtung Ausgang, während ihr Gehirn auf Hochtouren arbeitete. Paul war erst vor kurzem umgebracht worden. In der Zeit, die sie gebraucht hatte, um von ihrem Ankunftsgleis hier herüber zu kommen.

Er hatte eindringlich betont, dass ihr ein Mann Schaden zufügen wollte. Irgendwie musste dieser Mann Verdacht geschöpft haben, dass Paul ihn verraten wollte. Was gleichzeitig bedeutete, er wusste, dass Paul sie treffen wollte. Höchstwahrscheinlich befand er sich noch in der Nähe, beobachtete sie und wartete darauf, dass er ein zweites Mal zuschlagen konnte.

Maddie legte Tempo zu, versuchte nicht in Panik zu geraten. Aber das Lärmen der U-Bahn, der Sog des vorbeibrausenden Zuges gaben ihr den Rest. Als sie die Treppe sah, die nach unten führte, stürzte sie los. Sie nahm drei Stufen auf einmal. Mit einer Hand hielt sie sich zwar am Metallgeländer, trotzdem wäre sie beinah gestürzt.

Sie rannte den gekachelten Gang entlang. Nur wenige Leute waren hier unten, ein paar sahen sie an, als sie an ihnen vorbeirannte. Aber es war keine Seltenheit, dass eine junge Frau den Gang in der U-Bahn entlangrannte – vielleicht war sie spät dran für eine Verabredung, wollte den Zug noch erwischen oder ihren Freund treffen. Die Möglichkeit, dass sie – vielleicht – um ihr Leben rannte, war zu weit hergeholt.

Maddie stand urplötzlich vor den Rolltreppen, die hinunter zur Piccadilly Line führten.

Pauls Mörder konnte überall lauern, sich in eine stille Ecke kauern, die Pistole auf sie gerichtet, mit dem Finger am Abzug.

Maddie nahm die Rolltreppe nach unten und rannte dann einen weiteren Gang entlang. Er teilte sich vor ihr, ließ ihr zwei Möglichkeiten. Entweder sie ging zum Gleis Richtung Osten oder Westen. Wenn ein Zug abfahrbereit an einem der beiden Bahnsteige gestanden hätte wäre sie in derselben Sekunde an Bord gesprungen. Aber es warteten keine Züge. Nur ein paar vereinzelte Reisende – jeder von ihnen konnte der Mörder sein.

Da entdeckte sie eine weitere Treppen-Flucht. Metallstufen wanden sich nach oben und ein Schild warnte: *BENUTZUNG NUR IM NOTFALL.*

Hinter sich hörte sie jemanden rufen, aber sie ignorierte es.

Maddie stampfte die Wendeltreppe nach oben, hielt sich nahe im Innern der Spirale. Einmal glitt ihr Fuß auf dem schmalen Tritt aus und sie stolperte. Mit voller Wucht knallte dabei ihr Schienbein gegen die harte Metallkante. Sie verbiss sich einen Schmerzensschrei, fing sich wieder und kletterte weiter.

Dumpfe Fußstapfen waren jetzt hinter ihr zu hören. Sie sah sich nicht um. Nach Luft ringend kam sie am Ende der Stufen an. Eine Tür führte zu den nach Osten abgehenden Zügen der District Line. Angst machte sich breit – sie war tatsächlich im Kreis gerannt.

Maddie drückte sich flach gegen die Wand. Sie konnte die hämmernden Schritte ihres Verfolgers hören. Er kam näher. Sie spannte die Muskeln, atmete keuchend aus.

Als der Mann hinter der Tür auftauchte, sprang sie ihn ohne Zögern an.

Er hob schützend die Arme, als sie auf ihn einschlug und stolperte ein paar Schritte zurück. Für Sekunden hing er in der

Luft, suchte verzweifelt Halt und griff nach ihr, um sich selbst zu retten. Aber auch Maddie hatte keinen festen Stand.

Sie verlor das Gleichgewicht. Als sie von ihm über den Treppenabsatz hinunter gezogen wurde, sah sie unter sich in das Dunkel des Abgrunds.

Die Edinburgh Mansions in Bayswater waren mit Sicherheit nicht die edelsten Schuppen, die London zu bieten hatte. Das hatte Danny Alex gerade erklärt, als sie um Punkt 15 Uhr 13 den altmodischen Aufzug betraten. Er klirrte und zitterte, als er sie in den vierten Stock beförderte.

Bei solchen Treffen hatten sie beide schon öfter zusammengearbeitet und hatten dabei ihre Vorgehensweise verfeinert. Das Schema war klar umrissen: Danny übernahm das Reden und Alex stand bedrohlich im Hintergrund und hielt ihnen den Rücken frei. Danny konnte mit seinem Charme Leute um den Finger wickeln, aber Alex drohte wie ein Schwergewichts-Profi. Sie waren ein eingespieltes Team.

Die Aufzugtüren klackten und gingen ruckelnd auf. Die zwei Trainees traten in einen schmalen Korridor, dessen tiefrote Tapete das trübe Licht, das aus der Wandverkleidung schimmerte, absorbierte und eine schwummrige Atmosphäre erzeugte.

Danny trug eine kleine Reisetasche, die zehntausend Pfund in bar enthielt – Geld, das für diese Operation aus dem Fundus des PIC zur Verfügung gestellt worden war. Er prüfte die Zimmernummern und bedeutete Alex, ihm zu folgen.

Danny sah auf seine Uhr. Es war genau viertel nach drei. »Ich bin gerne pünktlich«, schmunzelte er. »Das ist nur höflich.«

»Was ist das Codewort für heute?«, fragte Alex.

Danny überlegte kurz. Wenn einer der beiden den Verdacht hatte, dass etwas schief ging, musste er seinen Partner unauffällig, aber eindeutig warnen können. Natürlich hatten sie Rückendeckung: Vier bewaffnete Agents warteten in einem Auto in der Nähe darauf, das Alex' Mikrosender das bevorstehende Gespräch übertrug. Aber die Situation konnte innerhalb von Sekunden kippen. Undercover-Beamte waren schon an schöneren Plätzen tot aufgefunden worden …

»Wenn einer von uns ›Mag jemand M&Ms?‹ sagt, ist was faul und wir verschwinden subito«, legte Danny fest.

Sie hatten Apartment 401 gefunden.

Sie sahen sich an, nickten sich noch einmal kurz zu.

Danny klopfte. Innerhalb von Sekunden wurde geöffnet.

Der Mann, der ihnen die Tür aufhielt, hatte ein halb offenes Designer-Hemd von Ben Sherman an, dazu trug er Jeans. Danny schätzte ihn auf Mitte zwanzig.

Ein zweiter Mann saß auf einem schmalen Bett. Er war älter – Ende dreißig. Das musste der Chef des ganzen Vereins sein. Eine geschlossene Aktentasche stand neben ihm.

Er erhob sich, als sie den Raum betraten und schüttelte Danny förmlich die Hand. »Mr Dubbin?«, fragte er.

»Nennen Sie mich Danny.« Danny schmeichelte seinem Gegenüber. »Mr Silver hat Sie uns empfohlen«, sagte er. »Aber ich kenne Ihren Namen noch nicht.«

»Phil«, antwortete der Mann, der hier offenbar das Sagen hatte. »Und das ist Trevor – er wird euch noch schnell einem Body-Check unterziehen, wenn das in Ordnung ist. Aus Sicherheitsgründen. Ich hoffe, ihr versteht das.«

»Klar«, sagte Danny. »Man kann nicht vorsichtig genug sein. Wir sind unbewaffnet.«

Trevor suchte Danny und Alex nach Waffen ab, aber er übersah das kleine Mikrofon an Alex' Kragen.

Alex nahm Augenkontakt zu Trevor auf. Der Mann war ein einziges Muskelpaket. Alex taxierte ihn. Wenn etwas schief ging, müsste er ihn sehr schnell aus dem Verkehr ziehen, sonst hätte er keine Chance. Trevors Gesicht war hart und die Augen verrieten eine gespannte Schnelligkeit.

»Die zwei sind sauber«, stellte Trevor fest.

»Dann kommen wir zum Geschäft«, sagte Phil.

Als Alex sich an der Tür aufbaute, stellte Trevor sich in die Nähe, ohne ihn anzusehen. Er war offensichtlich darauf programmiert, sofort zu reagieren, falls Alex eine unerwartete Bewegung machen würde.

Danny hockte sich lässig auf die Lehne eines gepolsterten Sessels, während Phil sich wieder auf dem Bett niederließ. Er hob die Aktentasche hoch.

Danny nahm im Gegenzug seine Reisetasche auf die Knie und richtete damit dezent die versteckte hochauflösende Digitalkamera auf Phil. »Also was hast du uns anzubieten?«, fragte er schließlich nach einer bedeutungsvollen Pause.

»Was vertreibt ihr auf dem Markt?«, hakte Phil nach. »Wir können euch alles liefern – Junk – Schnee – Crack – Kokain – Speed – alle Sorten von Amphetaminderivaten. Beste Qualität – in jeder gewünschten Menge.« Er grinste vielsagend. »Was ist nach deinem Geschmack, Danny?«

»Wir wollen Gems vertreiben«, stellte Danny klar. »Nach meinen Informationen bist du der Hauptlieferant hier in der Gegend.«

»Wie viel wollt ihr ausgeben?«

Danny tätschelte die Reisetasche. »Ich hab hier zehn Riesen – langt das für den Anfang?« Er grinste. »Wenn die Qualität unseren Vorstellungen entspricht, bauen wir auf eine kontinuierliche Belieferung.«

»Kein Problem«, bestätigte Phil. »Mir ist über dich noch nichts zu Ohren gekommen, Danny – bist du neu in der Stadt? Frisch aus den Staaten eingetroffen?«

Alex' Augen verengten sich. Irgendetwas stank hier eindeutig zum Himmel. Der Mann war dabei, Zeit zu schinden. Warum? Alex ging die Möglichkeiten durch. Phils Hand lag auf der Aktentasche. Da: Die Bewegung war fein, fast nicht zu sehen, aber Alex hatte sie bemerkt. Phil hatte den Winkel des Koffers leicht verändert. Eine Bewegung, die jemand ausführte, der eine versteckte Kamera verbarg und sicherstellen wollte, dass das gewünschte Objekt im Fokus des Geräts war. Alex' Instinkte hatten ihn nicht getrogen – etwas war faul im Staate Dänemark.

Alex trat einen Schritt vor. Fast zeitgleich bewegte sich Trevor, um ihm den Weg abzuschneiden.

»Mag jemand M&Ms?«, fragte Alex freundlich.

Danny drehte sich scharf um und stand dabei halb auf.

»Schlag sie nieder!«, rief Phil in diesem Moment.

Alex führte einen Schlag gegen Trevors Kopf, der mit Leichtigkeit abgelenkt wurde. Auch Alex' Versuch, an Trevor vorbeizupreschen, scheiterte kläglich. Trevor trat mit Geschmeidigkeit zur Seite und brachte Alex mit einem wohlplatzierten Karateschlag in den Nacken zu Fall. Trevor warf sich auf ihn, presste ihm dann das Knie in dem Rücken und bog Alex' Arm nach hinten. Alex war in dieser Position am Boden gefangen.

»Setzen Sie sich, Mr Dubbin.« Danny blickte derweil in den Lauf eines Gewehrs. Gehorchte mit unbewegter Miene.

»Haben wir hier irgendein Problem, Phil?«, fragte er.

Neuntes Kapitel

Maddie streckte ihre Arme aus, während sie kopfüber in den Schacht der Wendeltreppe stürzte. Im letzten Augenblick fanden ihre Finger an den Schienen des Metallgeländers Halt. Sie griff hart zu, aber der Mann klammerte sich noch immer an ihr fest. Seine Augen waren vor Angst geweitet. Ihr Arm wurde fast ausgekugelt, als ihr gemeinsames Gewicht sie ruckhaft nach unten zog, beinah hätte sie losgelassen.

Aber Maddie hielt durch und die beiden Körper schwangen schwer gegen die Mittelsäule der Wendeltreppe. Endlich kam der Mann ausgestreckt auf den Stufen zu liegen.

Sofort hakte sie ihre Hand in seinen Kragen und zog ihn auf die Füße.

»Lass mich los«, keuchte er und seine aufgerissenen Augen starrten sie fassungslos an. »Bist du vollkommen verrückt?«

»Wer sind Sie?« Maddie forderte eine Antwort.

»Ich arbeite hier«, sagte der Mann.

Sie war sich plötzlich unsicher. Konnte das stimmen? »Warum sind Sie mir gefolgt?«

»Du hast so ausgesehen, als wärst du in Schwierigkeiten.« Er rang um Atem. »Ich dachte, ich könnte dir behilflich sein.«

Sie schaute zum ersten Mal genauer hin. Er trug ein blaues Hemd und kohlegraue Hosen. »Sie arbeiten in der Station?«, fragte sie schließlich.

»Ja. Im Büro.« Er deutete auf eine Foto-Card, die an seiner

Hemdtasche befestigt war. Der Mann kam langsam wieder zu sich und überwand offensichtlich den Schock von Maddies Angriff. »Ich hab gesehen, wie verzweifelt du gerannt bist. Und da hab ich gedacht, dass dich vielleicht jemand erschreckt hat. Ich wollte wirklich nur helfen.«

Maddie lockerte ihren Griff. Der Mann blickte sie an.

»Es tut mir Leid«, presste sie heraus. »Hab ich Sie verletzt?«

»Nur meinen Stolz«, beschwichtigte er, während er seinen Kragen richtete. »Du bist wohl nicht gerade die Sorte Mädchen, die auf einen Ritter in schimmernder Rüstung zur Rettung angewiesen ist oder?«

Maddie schenkte ihm ein entschuldigendes Lächeln. »Nicht oft«, bestätigte sie seine Vermutung. »Aber danke für die Mühe. Sind Sie sicher, dass alles in Ordnung ist?«

»Mir geht's gut«, sagte er.

»Wie komm ich hier am schnellsten raus?«, fragte sie plötzlich.

»Ausgang Warwick Road«, antwortete er und zeigte gleichzeitig nach oben. »Die Stufen rauf – und dann dem Fußweg folgen.«

»Danke.«

Er rief ihr nach: »Ich heiße übrigens Gary. Meine Schicht ist um fünf zu Ende, wenn du magst ...«

Aber sie rannte die Stufen Richtung Warwick Road hinauf und war schon außer Hörweite.

Alex saß mit dem Rücken zur Wand. Er hatte diesen Trevor schlicht und ergreifend unterschätzt. Der Mann hatte ihn blitzschnell und effektiv zu Boden geworfen und überwältigt.

Und nun blickte er in den Lauf eines Gewehrs. Die Situation in Apartment 401 der Edinburgh Mansions war außer Kontrolle geraten.

Danny hielt die Hände auf Schulterhöhe.

»Wir scheinen dich irgendwie verärgert zu haben, Phil«, versuchte er die Lage zu entspannen. »Was kann ich sagen, um die Dinge zwischen uns wieder ins Reine zu bringen?«

»Halt's Maul«, kam die schroffe Antwort.

»Wie darf ich dieses ganze Imponier-Gehabe verstehen?«, fragte Danny. »Ich dachte, wir wären hier, um Geschäfte zu machen.«

Phil ließ seine Hand in die Tasche gleiten und zog die Brieftasche heraus. Er öffnete sie und hielt sie dann Danny vor die Nase.

Als Danny sah, womit ihm da vor seinem Gesicht herumgewedelt wurde, machte er seinem Frust Luft.

»Na – klasse!«, stöhnte er und sah sich nach Alex um. »Du wirst es nicht glauben ...« Ohne jegliche Warnung flog in diesem Moment die Tür aus den Angeln.

Ein Mann duckte sich im Türrahmen mit nach vorn gestreckten Armen, beide Hände umklammerten eine Pistole. Ihr Lauf fixierte Phil.

»Waffen fallen lassen oder ich eröffne das Feuer!«, rief er drohend.

Zwei weitere Männer boten ihm Deckung. Sie standen direkt hinter ihm und sicherten mit ihren Waffen ebenfalls den Raum.

Trevors Gewehrlauf schwenkte zur Tür. »Wir sind Polizeibeamte!«, brüllte das Muskelpaket unvermittelt. »Hände hoch.«

Der Mann vom Einsatzkommando glitt behände in den Raum

und zielte nun auf Trevor. Seine Augen verengten sich zu Schlitzen, durch die er aufmerksam die Situation aufnahm.

Erst Dannys Stimme brach das spannungsgeladene Schweigen. »Lasst uns bloß nicht Hollywood spielen, Leute«, witzelte er, obwohl ihm beim besten Willen nicht danach zu Mute war. Er sah Phil fragend an. »Darf ich meine Polizei-Marke rausholen? Ich muss dafür in meine Tasche greifen.«

Phil nickte zustimmend. »Aber bitte langsam«, befahl er.

Danny zog seine Marke hervor und zeigte sie vor.

Zornesröte überzog Phils Gesicht.

»Was zur ...«

Danny drehte sich zu den Männern um. »Sie gehören zur Special Branch«, erklärte er. »Sorry, aber die Aktion ist vorbei.«

Danach wurden die Waffen gesenkt und Trevor half Alex auf die Beine.

»Dieses Treffen war der Lohn von drei harten Monaten Undercover-Arbeit«, sagte Phil. Er blickte zu Danny hinüber. »Kannst du mir vielleicht mal erklären, was zur Hölle sich das PIC dabei denkt, euch Idioten hier reinzuschicken. Wo sind die echten Leute, hinter denen wir her sind? Unsere Tarnung ist aufgeflogen.«

Danny legte den Kopf leicht zurück, schloss die Augen und atmete tief aus, bevor er antwortete.

»Wir sind angeschmiert worden«, sagte er.

Maddie war immer noch ganz aufgelöst. Nicht nur, dass sie Pauls Leiche gefunden hatte, die Begegnung mit dem unglücklichen jungen U-Bahn-Angestellten war auch nicht gerade erfreulich verlaufen. Das war einfach dumm gewesen – sie war in Panik geraten. Sie musste sich am Riemen reißen und hier raus, denn die Gefahr konnte real und nicht nur eingebildet sein.

Sie rannte den aufsteigenden Fußweg entlang, bog zuerst links ab und dann rechts. Dann stand sie vor den Ausgangsschranken, hinter denen die offene, belebte Straße wartete.

Maddie ging durch die Schranke und trat in das grelle Sonnenlicht. Das Earl's Court Exhibition Centre lag leicht zurückgesetzt auf der Seite der Straße, umgeben von hohen schmiedeeisernen Geländern. Menschen kamen und gingen, ein beständiger Fluss, der in die aktuelle Ausstellung moderner Malerei strömte.

Sie blickte über die Schulter, entdeckte aber kein Anzeichen dafür, dass sie verfolgt wurde. Trotzdem fühlte sie sich nicht sicher.

Sie mischte sich unter die Menge. Wenn Pauls Mörder auf ihren Spuren war, würde es leichter sein, ihn unter den vielen Leuten abzuhängen.

Sie bewegte sich durch die Menge, während sie ihre Umgebung aufmerksam im Blick behielt und überquerte die Straße. Was sie jetzt wirklich brauchte, war ein abgeschiedener Ort, wo sie sich verstecken konnte, um wieder zu Atem zu kommen.

Der Gedanke traf sie wie ein Blitz. Natürlich kannte sie genau diesen Ort und – er lag nicht weit von hier. Sie kämpfte gegen die Flut der Menschen, die auf dem Weg ins Exhibition Centre waren. Als sie schließlich durch war, bog sie in die Warwick Road und nahm dann rechts die Old Brompton Road. Schließlich war sie am Ziel: Sie stand vor den hohen, schwarz-metallenen Gitterzäunen, in deren Mitte der Steineingang des Friedhofes aufragte. Blitzschnell überquerte sie die Straße, schaute noch einmal zurück, unsicher, ob ihr nicht doch jemand gefolgt war.

Maddie sprintete durch den hohen Torbogen und der alte Friedhof öffnete sich vor ihr. Sie folgte dem Hauptweg und kam vorbei an bemoosten Grabsteinen und altersgebeugten Mausoleen, die von bröckelnden Engeln bewacht wurden, an Familiengruften mit dem morbiden Charme des Verfalls, von hohen Gräsern und dunklen Bodendeckern überwuchert.

Sie blickte sich ein letztes Mal kurz um und sprang dann zur Seite in die Dunkelheit.

Maddie saß mit gekreuzten Beinen auf einer Efeudecke. Um zu Atem zu kommen und ihre fünf Sinne wieder zu sammeln, versuchte sie ruhig zu werden. Das Bild von Pauls Leichnam schwirrte ihr durch den Kopf. Sie verdrängte die schreckliche Vorstellung. Sie würde sich nicht wieder von diesem Horror übermannen lassen.

Sie zog ihre Umhängetasche in den Schoß und kramte Pauls Sachen heraus.

Dann entsperrte sie die Tastatur seines Handys, schaute im Menu nach und gelangte ins Telefonbuch. Sie scrollte die Namen und Adressen durch.

Auf den ersten Blick nützliches Zeug. Damit konnte man etwas anfangen, weiter recherchieren. Sie war zufrieden mit ihrem Fund.

Als sie seine Brieftasche durchging, fand sie das Foto eines dunkelhaarigen Mädchens. Maddie fragte sich, ob das Pauls Freundin gewesen sein könnte. Sie schluckte schwer, als sie sich vorstellte, dass das lächelnde Mädchen bald die schreckliche Nachricht erhalten würde.

Maddie legte die Brieftasche auf die Seite und holte das Mäppchen für die Kreditkarten heraus. Es fühlte sich glitschig an. Sie sah auf ihre Finger, die nass vor Blut waren.

Schaudernd ließ sie das Mäppchen fallen und zog die Beine an den Körper. Sie vergrub ihr Gesicht in den Armen, als der volle Schock sie schließlich einholte.

Es dauerte einige Zeit, bis sie in der Lage war, ihr eigenes Handy herauszuholen und beim PIC anzurufen.

Vor langer Zeit hatte jemand die Badezimmerwände in Apartment B mit zwei sich beißenden Rosatönen gestrichen. Die Kacheln über dem Waschbecken in der 568 Hammersmith Grove waren grau und einige waren gebrochen. Kalkfraß hatte sich auf den Wasserhähnen festgesetzt und einen braunen Rückstand um den Abfluss hinterlassen.

Ian beugte sich vor und wusch sich die Hände.

Er sah in den gesprenkelten Spiegel. Sein Gesicht blieb zunächst ausdruckslos – die Augen kalt und tot. Doch dann lächelte er und winkte seinem Abbild zu. Er pfiff leise durch die Zähne, nahm die Seife wieder in die Hand und wusch sich weiter die Hände.

Red kam ins Badezimmer und legte ihm zärtlich die Arme um die Hüfte. Dann sah sie die Handfeuerwaffe, die auf dem Beckenrand lag.

»Was ist passiert?«, fragte sie erschrocken.

Ians Stimme vibrierte vor Freude. »Paul war ungezogen«, antwortete er hämisch. »Ich musste ihn bestrafen.« Er grinste düster. »Er wird keine Schwierigkeiten mehr machen. Ich hätte das Mädchen auch haben können, aber ich wollte nicht, dass sie den Spaß verpasst, den wir uns ausgedacht haben.« Er stand auf und trocknete sich die Hände ab. Red sah ihn an und ihre Augen verengten sich zu Schlitzen.

»Ich hab schon genug Geld zur Seite geschafft, damit wir zwei ein Flugzeug schnappen und uns absetzen können – wir müssen nie wieder zurückkommen«, murmelte sie sanft. Ihr Gesicht war ganz nah an seinem. »Warum machen wir das nicht? Warum gehen wir nicht einfach?«

Er drehte sich um und legte ihr die Arme auf die Schulter. Der Ausdruck in seinen Augen gefiel ihr nicht – wie fiebrig, dachte sie unbehaglich. »Du weißt, dass es nicht darum geht«, sagte er ruhig mit bohrendem Blick. »Ich habe noch eine Rechnung offen, bevor wir gehen. Das willst du mir doch nicht verderben, oder?«

Sie schüttelte den Kopf. »Natürlich nicht. Aber ich fühl mich nicht sicher. Ian, bringen wir's hinter uns.«

»Das werden wir«, sagte er. »Und du hast Recht – wahrscheinlich ist es nicht sicher, zu lange auf einem Fleck zu hocken – besonders wenn die Special Branch mir auf den Fersen ist.« Seine Augen glänzten. »Ich kenne da einen Platz in Paddington. Dort kann ich mich verstecken, bis es so weit ist.«

Red sah ihn an. »Wird das bald sein?«, fragte sie erwartungsvoll.

»Oh ja«, sagte er. »Sehr bald.«

Red atmete auf. Alles würde gut werden und sie würde mit Ian in die Sonne fliehen. Ihre gemeinsame Zukunft konnte dann richtig beginnen.

Zehntes Kapitel

Maddie stand in der Dusche. Heißes Wasser floss dampfend über ihren Körper. Der Schock der Ereignisse am Earl's Court saß tiefer als noch vor einer halben Stunde. Das Bild von Pauls Leichnam wollte ihr nicht aus dem Kopf gehen. Wenn sie die Augen schloss, sah sie Blut, nichts als Blut. Und jetzt musste sie zu Detective Chief Inspector Randal, um ihm Bericht zu erstatten.

Es war inzwischen 16 Uhr 12 und sie wusste nicht, ob sie dazu in der Lage war. Alles schien so frisch. Sie konnte keinen klaren Gedanken fassen.

Aber sie hatte überhaupt keine Wahl.

Ihr Anruf bei der PIC vom Friedhof in der Brompton Road aus war direkt zu Detective Chief Inspector Randal durchgestellt worden. »Komm sofort hierher«, hatte er sie angewiesen. »Keine Zwischenstopps. Verlier keine Sekunde auf dem Weg.«

Maddie stutzte. Ihre direkte Vorgesetzte war Section Head Susan Baxendale, nicht Kevin Randal. Maddie nahm an, dass DCI Baxendale an diesem Nachmittag nicht abkömmlich war. Als Maddie im PIC ankam, war Jackie Saunders nicht an ihrem Platz. Ihre Vertretung teilte ihr mit, dass Jackie sich krank gemeldet hatte. Grippe. Maddie konnte sich nicht erinnern, wann die Zuständige für das gesamte Kommunikationsnetzwerk des PIC das letzte Mal nicht zur Arbeit erschienen war.

Sie musste sich richtig schlecht fühlen, sonst stand sie immer auf der Matte.

Maddie besah sich ihre Erscheinung eingehend im Spiegel. Ihr ging es auch nicht gerade blendend. Das blasse Gesicht und der gehetzte Blick – sie sah aus, wie sie sich fühlte. Am Boden.

Sie strich ihr Haar gedankenverloren hinter die Ohren und machte sich auf den Weg zu Detective Chief Inspector Randal.

»Du hast das Richtige getan«, lobte Kevin Randal sie. »Du hast kühlen Kopf bewahrt und dich selbst aus der Schusslinie gebracht.«

»Ich habe keinen kühlen Kopf bewahrt«, stellte Maddie klar. »Ich war panisch und habe einen Unschuldigen angegriffen, sodass er beinahe die Treppenstufen hinuntergestürzt wäre.«

Kevin Randal sah sie ruhig an. »Du hast ausgeschaltet, was du als potenzielle Bedrohung eingestuft hast. War der Mann verletzt?«

»Nein.«

»Dann hast du genau das getan, was man dir beigebracht hat.« Kevin Randal meinte, was er sagte. Das war keine Lobhudelei, sondern ernst gemeint.

Pauls persönliche Habseligkeiten lagen auf dem Schreibtisch zwischen ihnen.

Maddie fröstelte bei ihrem Anblick. »Ich hab ihn im U-Bahn-Abteil zurückgelassen«, flüsterte sie. Dann blickte sie Randal ausdruckslos an. »Das hätte ich nicht tun sollen.«

»Der Junge war tot – du hättest nichts mehr für ihn tun können«, sagte Randal sachlich. »Du warst eine potenzielle Zielscheibe. Erinnre dich an deine Grundausbildung, Maddie. Was ist Regel Nummer 1?«

Maddie schluckte schwer und sagte tonlos: »Überleben.«

»Wenn es dir ein Trost ist: Paul ist von einem Beamten der Londoner Verkehrspolizei gefunden worden«, teilte ihr Randal mit. »Der Zug wurde aus dem Verkehr gezogen und das Team von der Spurensicherung ist am Tatort. Sie rufen mich umgehend an, sobald sie etwas finden.«

»Weiß mein Vater, was passiert ist?«, fragte Maddie.

»Noch nicht. Er ist zu einer Besprechung mit der neuen Innenministerin zitiert worden. Aber ich reiche umgehend den Bericht ein, sodass er ihn sieht, sobald er zurück ist. Er wird mit dir reden wollen, da bin ich mir sicher.« Er beugte sich vor und klaubte Pauls Handy aus den Sachen heraus. »Was haben wir bis jetzt in Erfahrung bringen können?«, fuhr er fort.

Maddie starrte ihn wie vor den Kopf geschlagen an. Wie konnte er so brutal das Thema wechseln, einfach weitermachen? Es gab einen Toten. Maddie hatte das Blut des Jungen an den Fingern gespürt. Das konnte sie nicht einfach beiseite schieben wie einen x-beliebigen alltäglichen Vorfall.

Kevin Randal sah sie kurz an. »Probleme?«, fragte er dann.

Sie antwortete nicht. Was sollte sie schon sagen?

Randals Gesicht verriet Sympathie, er fühlte mit Maddie, musste aber auch an seinen Fall denken. »Wir können das hier auch später erledigen, wenn du eine Auszeit brauchst«, sagte er. »Ich habe dich gewarnt, Agent Cooper – es ist nie leicht.«

Ihr offizieller Titel rüttelte sie wach. Sie war nicht nur die Jugendliche, die sich nur zu gern in der nächsten Ecke verkriechen wollte. Schlagartig wurde sie sich ihrer Verantwortung bewusst. Sie hatte keine Zeit für Mitleidsorgien.

Sie hob das Kinn und streckte sich. »Ich bin in Ordnung«, sagte sie entschlossen. Sie konzentrierte sich auf Pauls Handy, das Randal jetzt in der Hand hielt. »Ich habe die Nummern überprüft, die Paul vor kurzem angerufen hat«, sagte sie und zückte ihr Notizbuch. »Er hat in den letzten Tagen häufiger mit einem Mädchen namens Janey telefoniert. Sie könnte das Mädchen auf dem Foto in der Brieftasche sein. Außerdem hat er Leute angerufen, die in sein Telefonbuch einprogrammiert waren.« Sie nahm die Notizen zu Hilfe. »Die meisten scheinen Spitznamen oder Pseudonyme zu haben. Scratchman – Sneaker – Dodgy – Pit Bull. So lange wir die Nummern nicht gecheckt haben, werden wir nicht wissen, ob sich dahinter Freunde oder sogar seine Drogenkontakte verbergen.«

»Ich werde ein Team darauf ansetzen«, versprach Randal.

Maddie nickte. »Ich werde seine Kreditkarten-Angaben in den Computer eingeben und von unserer Spezialsoftware auswerten lassen, um seine Adresse in Erfahrung zu bringen.« Sie sah ihn an. »Kann ich direkt loslegen? Ich möchte so schnell wie möglich starten.«

Kevin Randal gab seine Zustimmung, ohne zu zögern. »Du findest sicher einen Platz zum Arbeiten«, sagte er.

Maddie verließ verwundert das Büro. Mit der letzten Bemerkung Randals konnte sie nichts anfangen. Was mochte der Detective Chief Inspector wohl gemeint haben?

Selbstverständlich würde sie an ihrem Schreibtisch arbeiten.

Aber an ihrem Arbeitsplatz saß eine Fremde in einem eleganten, schwarzen Kostüm. Die Frau hatte kohlrabenschwarze Haare, ein fein geschnittenes, blasses Gesicht, aus dem die rot

geschminkten Lippen herausstachen, und dunkle, ausdrucks-
starke Augen. Maddie schätzte sie auf Mitte zwanzig.

»Hallo«, sagte Maddie höflich.

Die Frau sah von ihrer Arbeit auf, sagte aber keinen Ton.

»Entschuldigung«, sagte Maddie. »Aber das ist mein Schreibtisch.«

»Das bezweifle ich stark«, sagte die Frau mit eisiger Stimme.
Sie drehte Maddie den Rücken zu und nahm die Arbeit wieder auf, ganz so, als sei Maddie eine lästige Fliege, die es zu
verscheuchen galt.

Maddie runzelte die Stirn. »Wer *sind* Sie?«, fragte sie konsterniert.

»Kathryn Grant«, antwortete die Frau kurz angebunden,
ohne aufzusehen.

»Ich möchte ja nicht unhöflich erscheinen«, setzte Maddie an,
»aber ich brauche meinen Schreibtisch unbedingt. Ich bin sicher ...«

Die tiefgekühlte Stimme schnitt ihr das Wort ab. »Ich habe zu
tun«, sagte sie. »Du bist momentan ein Springer und musst
schauen, wo ein Platz für dich frei wird.«

Maddie hatte auf Granit gebissen. Die Art dieser Frau missfiel
ihr total. »Woran arbeiten Sie?«, fragte sie aufgebracht. So
wichtig konnte das nicht sein.

Kathryn Grant verweigerte eine Antwort.

Maddie ärgerte sich grün und blau darüber. Sie kochte. So etwas war ihr im PIC noch nie passiert. »Tut mir Leid«, sagte sie
frostig, »aber Sie haben meine Frage nicht beantwortet.«

Die Frau blickte auf und sah sie ungerührt an. »Je öfter ich
unterbrochen werde«, stellte sie trocken fest, ohne auch nur
im Geringsten auf Maddie einzugehen, »umso länger wird es
dauern, bis ich fertig bin.«

»Hi Maddie! Schön, dich zu sehen!« Maddie drehte sich um. Es war Danny. »Wie ich sehe, hast du Kat schon kennen gelernt.«

»Kathryn«, verbesserte die Frau ihn leicht pikiert.

Danny schenkte ihr ein dezentes Lächeln. »Kat passt besser zu Ihnen«, sagte er. Kathryn bedachte ihn mit einem eisigen Blick, bevor sie sich wieder an ihre Arbeit machte.

Danny nahm Maddie am Arm und führte sie hinüber in die Ecke, wo die Kaffeemaschine stand.

»Wer ist sie?«, zischte Maddie erbost. »Was macht sie hier?«

»Frag mich nicht«, antwortete Danny, während er für Maddie eine Tasse zubereitete. »Sie ist heute Morgen als Erste ins Büro gekommen und hat seitdem im Schnellverfahren jeden vergrätzt. Ich nenn sie Kat, um sie zu ärgern, und für Alex ist sie die Schneekönigin mit dem kalten Herzen.«

»Ich versteh nicht«, sagte Maddie. »Ist sie ein neuer Section Head, ein Abteilungsleiter oder so was? Sie benimmt sich ganz so, als würde ihr alles gehören. Und warum sitzt sie ausgerechnet an meinem Schreibtisch?«

»Ich kann dir zwar nicht verraten, warum sie da ist, aber ich weiß, wer sie auf deinen Platz gesetzt hat.«

»Gut«, grummelte Maddie. »Mit demjenigen hab ich ein Hühnchen zu rupfen!«

Maddie war immer noch sauer. Sie wollte vorankommen mit ihren Ermittlungen und dann saß diese blöde Schnepfe im Weg. Wer immer sie dazu befugt hatte, würde es mit ihr zu tun bekommen.

Danny sah sie an. Ganz offensichtlich musste er sich ein Lachen verbeißen. »Du musst warten, bis er von seiner Besprechung mit Maggie Churchill zurück ist.«

Maddie schaute ihn ungläubig an. »Mein Vater?«

Danny nickte nur und lachte jetzt offen.

Maddies Blick schweifte über das offene Großraumbüro. Sie konnte Kathryn Grants Kopf von hinten über der niedrigen Trennwand sehen. Warum hatte ihr Vater ihren Schreibtisch an diese Frau vergeben – und was tat dieser Ausbund an Arroganz hier? Statt auf Antworten war Maddie auf neue Fragen gestoßen.

17 Uhr 24. Zum zweiten Mal innerhalb der letzten zwei Tage standen Alex und Danny in Jack Coopers Büro. Das erste Mal war es um Maddie und ihre mögliche Entlastung gegangen. Aber diesmal lag der Fall anders. Ihr letzter Einsatz hatte sich als absolute Katastrophe erwiesen. Alex war wütend. Sie waren von Dannys Informant reingelegt worden.

»Seit zehn Monaten arbeite ich mit Harvey Silver, Sir«, verteidigte sich Danny. »Er hat sich bisher immer für uns umgehört und dabei den Nagel auf den Kopf getroffen.«

»Besteht die Möglichkeit, dass er selbst mit Informationen gefüttert wurde, die uns in die Irre führen – und die Polizeiarbeit bewusst lächerlich machen sollten«, fragte Jack Cooper ruhig.

»Schon möglich«, antwortete Danny. »Aber er ist kein Versager, der selbst Drogen konsumiert und den man erpressen kann – er ist schlau. Und er weiß, was passiert ist, denn er ist in der Versenkung verschwunden. Ich konnte keinen Kontakt zu ihm aufnehmen.«

»Was dafür spricht, dass er weiß, dass du nach ihm fahnden würdest«, bestätigte Cooper Dannys Verdacht.

»Geben Sie uns ein, zwei Tage, um ihn zu finden«, unterbrach

Alex zornig. »Ich werde die Wahrheit aus ihm herausprügeln.«

»So wie ich das sehe, kennen wir die Wahrheit bereits«, versuchte Jack Cooper zu besänftigen. »Er hat sein Netz so ausgelegt, dass wir direkt in die Arme der Spezialeinheit, unserer eigenen Leute, gelaufen sind.«

»Aber wieso?«, fragte Alex. »Dachte er, wir verlieren die Nerven und fangen einen Schusswechsel an? Wollte er, dass wir getötet werden?«

»Das glaube ich nicht. Ich gehe eher davon aus, dass er uns wie Vollidioten aussehen lassen wollte«, wiederholte Cooper seinen Verdacht. »Und er hatte die Fäden sicher in der Hand, er konnte die Marionetten entsprechend tanzen lassen. Ich habe gerade eine Viertelstunde mit der Leiterin der Undercover-Einsätze der Special Branch telefoniert und dabei versucht, die Wogen zu glätten. Sie ist nicht gerade glücklich über den Verlauf der Operation. Und das kann ich nur zu gut nachvollziehen. Immerhin haben wir das Ergebnis von drei Monaten Arbeit zunichte gemacht.« Er sah Danny an. »Ist Silver ein kleiner Fisch?«

Danny nickte zustimmend.

»Dann wollen wir Silver nicht«, sagte Cooper nachdenklich. »Wir suchen die Person, die hinter der Sache steckt, die die Befehle gegeben hat.« Er zog nachlässig die Schultern hoch. »So langsam ergibt alles ein Muster. Jemand versucht, uns zu unterminieren und lässt uns so aussehen, als hätten wir unsere Abteilung nicht unter Kontrolle. Wir müssen herausfinden, wer dahinter steckt, denn mit den aktuellen Vorfällen ist die Sache nicht abgetan. Wir müssen zu den Drahtziehern vordringen, bevor sie wirklichen Schaden anrichten.«

Es klopfte an der Tür.

»Ja?«, bellte Jack Cooper ungehalten. Er hasste Störungen.

Die Tür ging auf und Maddie trat ins Zimmer. »Oh – entschuldige – ich wusste nicht, dass jemand bei dir ist«, sagte sie.

»Maddie. Wie geht es dir?«, brachte ihr Vater besorgt heraus. »Das war eine echt üble Geschichte am Earl's Court. Lass uns nachher darüber reden. Versprochen.«

»Ist schon in Ordnung«, sagte Maddie. »Ich komm damit klar. Ehrlich.«

»Ich möchte trotzdem mit dir über den Bericht reden«, erklärte ihr Vater. »Aber ich fürchte, das muss noch einen Moment warten. Kannst du in einer halben Stunde noch mal reinkommen?«

»Ja, aber deshalb bin ich nicht hier«, warf Maddie ein. »Ich möchte ein paar Spuren verfolgen, aber du hast jemand anders an meinen Schreibtisch gesetzt. Ich werde im Büro herumgeschickt und es ist wirklich schwierig, so zu arbeiten. Kannst du diese Grant nicht woanders hinsetzen?«

Jack Coopers Antwort kam schnell. »Es tut mir Leid, wenn du dich schlecht behandelt fühlst, Maddie, aber ich habe wichtigere Dinge zu tun, als mich mit solchen Banalitäten herumzuschlagen«, fuhr er sie an. »Kathryn Grant bleibt, wo sie ist. Du wirst das Beste daraus machen.« Er gab ihr deutlich zu verstehen, dass sie besser ging. »Ich lass dich später rufen.«

»Entschuldige.« Maddie verließ fluchtartig das Zimmer. Sie schloss die Tür hinter sich und starrte sie für ein paar Augenblicke gedankenverloren an. Sie fühlte sich wie geohrfeigt.

»Bist du o. k.?«, fragte Tara mitfühlend. Maddie drehte sich zu ihr um.

»Er hat mir klipp und klar zu verstehen gegeben, dass ich ihn nicht weiter belästigen soll«, sagte Maddie verwirrt.

»Du hast einen extrem schlechten Zeitpunkt erwischt«, versuchte Tara das Verhalten von Jack Cooper zu entschuldigen. »Ich war bei der Besprechung mit der neuen Innenministerin dabei. Sie hat gerade eine neue Runde an Kosteneinsparungen verabschiedet. Sie will sich ganz offensichtlich einen Namen machen. Und wir hier sind nicht gerade eine billige Abteilung, weshalb dein Vater wahrscheinlich zu Recht vermutet, dass sie das PIC ins Visier nimmt.«

Maddie sah sie erstaunt an. »Meinst du, sie kürzt einfach unsere Gelder?«

»Ich glaube, dein Vater fürchtet, dass sie zu Radikalmaßnahmen greifen könnte«, wurde Tara deutlicher. »Die Innenministerin ist eine einflussreiche Frau, Maddie. Vergiss nicht, dass Margaret Churchill sogar die Macht hat, das PIC zu schließen.«

Elftes Kapitel

Um 18 Uhr 10 war Maddies Arbeitstag offiziell bereits vorüber, aber sie hatte keinerlei Absichten, nach Hause zu gehen. In der Zentrale waren noch Dinge zu erledigen und Alex bot ihr an, einen Arbeitsplatz mit ihr zu teilen. Sie arbeiteten Seite an Seite, während Maddie jeden Moment damit rechnete, dass ihr Vater sie in sein Büro zitieren würde. Aber die Zeit verging und nichts rührte sich.

Maddie verschwieg den anderen Taras Befürchtungen. Sie wollte die Gerüchteküche nicht anheizen, denn die Stimmung in der Abteilung war nach dem Fiasko mit der Special Branch sowieso schon gedrückt.

Das Letzte, was Maddies Kollegen jetzt brauchen konnten, waren Vermutungen darüber, ob das PIC über kurz oder lang vor dem Aus stehen könnte.

»Ist doch genauso wie bei unserem ersten Fang, als du als Praktikantin hier angefangen hast«, erinnerte sie Alex an die Vergangenheit und riss sie aus ihren trüben Gedanken. »Erinnerst du dich, wie wir das Netz ausgeworfen und die ankommenden Flüge aus den Staaten überprüft haben, um Verdächtige auszusieben?«

Maddic nickte. Sie erinnerte sich nur zu gut, denn als Konsequenz war sie entführt und beinahe umgebracht worden. Aber vor allem hatte der Fall aus Alex, Danny und ihr ein Team gemacht und hatte sie zusammengeschweißt.

Sie gab ihren Benutzernamen ein, doch der Rechner verweigerte den Zugang.

Maddie versuchte es zwei weitere Male, ohne dass sie die Freigabe erhielt. Sie hatte sich also nicht versehentlich vertippt.

»Jemand anders muss mit deinem Passwort eingeloggt sein«, sagte Alex.

Maddie tippte auf die Schneekönigin. »Kathryn Grant«, sagte sie. »Klasse. Sie hat außer meinem Arbeitsplatz auch gleich noch meinen Benutzernamen abgestaubt.« Sie sah Alex fragend an. »Weißt du eigentlich, was sie hier tut?«

Alex schüttelte verneinend den Kopf. »Ich hab versucht, das rauszubekommen«, gab er zu. »Aber ohne Erfolg. Sie arbeitet offensichtlich nicht für das Police Department oder fürs Innenministerium.«

»Dann muss sie richtig wichtig sein«, wunderte sich Maddie. »Dad hasst Externe, die in den Angelegenheiten des PIC rumschnüffeln.«

»Vielleicht hatte er keine Wahl«, unkte Alex. Er gab auf Maddies Seite seinen eigenen Benutzernamen ein, um den Rechner freizuschalten und die Fehlermeldung verschwand, sodass Maddie endlich auf die Datenbank zugreifen konnte.

Sie klickte sich durch ein paar Masken bis sie gefunden hatte, was sie brauchte. Dann gab sie Paul Gilmores Kreditkartennummer ein und startete die Suche.

Der Rechner warf das Ergebnis in weniger als einer Sekunde aus. Paul Gilmore hatte in der Mercers Road in Holloway gewohnt.

»Die Gegend kenne ich«, sagte Maddie. »Sie liegt nördlich von Camden.«

Als sie die Abfrage beendete, gefror der Bildschirm.

Sie gab erneut einen Befehl ein, ohne dass der Computer reagierte. Dann fuhr sie mit der Maus über das Pad, aber selbst der Cursor bewegte sich nicht mehr.

Schließlich sah sie Alex an. »Was ist hier los?«, fragte sie ihn.

»Moment mal, das müsste klappen.« Er versuchte einen Warmstart.

Noch immer tat sich rein gar nichts.

»Tja, war wohl nichts«, wunderte sich Maddie.

Auch Alex runzelte ungläubig die Stirn. Er beugte sich herüber und öffnete die Schublade. Offensichtlich war es an der Zeit, sich die Bedienungsanleitung zu Gemüte zu führen.

»Alex ...!« Da Maddies Stimme dringlich klang, sah Alex sofort auf den Bildschirm. Ein schwarzer Ball hüpfte über den Monitor. Sein Schweif hinterließ nichts als Schwärze. Während der Ball von Seite zu Seite sprang, von oben nach unten, und immer schneller wurde, spannte er unaufhaltsam ein Netz an Dunkelheit. Er schien alles zu verschlucken.

Von allen Seiten waren jetzt erstaunte Rufe zu hören.

»Ein Virus«, stellte Alex klarsichtig fest.

In nur wenigen Sekunden hatte der Ball seine Arbeit getan und Maddie sah auf den gähnend leeren Bildschirm.

So wie es klang, waren alle Rechner im Großraumbüro betroffen. Die PIC-Beamten sprachen aufgeregt durcheinander.

Die Rechner des PIC waren durch Firewalls abgesichert. Eigentlich hätte das Eindringen eines Virus ein Ding der Unmöglichkeit sein müssen. Die Daten der Abteilung waren nicht nur *nach außen* geschützt, so dass ein unbefugter Zugriff ausgeschlossen war. Genauso sicher sollte eigentlich der Zugriff auf Daten *von außen* sein.

Während die Agents des PIC versuchten, die Lage in den Griff zu bekommen, beschäftigte alle nur eine einzige Frage. Wie war das Virus in ihr System gelangt – und welchen Schaden hatte es angerichtet? Noch war der Umfang nicht abzuschätzen, aber eines hatte sich bereits herauskristallisiert: Alle Rechner des PIC-Netzwerks waren betroffen. Das Virus hatte ohne jegliche Warnung zugeschlagen und einen Server-Zusammenbruch ungeahnten Ausmaßes verursacht.

Maddie beobachtete, wie Kathryn Grant sich einen wütenden Schlagabtausch mit Tara lieferte.

»Ich muss Detective Chief Superintendent Cooper umgehend sehen«, beharrte Grant.

»Das ist nicht möglich«, sagte Tara gelassen.

»Sie scheinen mich nicht zu verstehen«, brauste Kathryn Grant auf. »Ich bin mir sicher, dass das getan wurde, um konsequent meine Arbeit zu sabotieren.«

»Und was für eine Arbeit soll das sein, Miss Grant?«, gab Tara herablassend den Ball zurück. Kathryn Grant hatte sich wirklich nicht sonderlich beliebt gemacht.

Kathryn Grant starrte sie an. »Kann ich DCS Cooper sehen oder nicht?«

Tara schüttelte den Kopf.

»Dann ist es sinnlos, dass ich noch länger bleibe«, stellte Kathryn Grant merklich ruhiger fest. »Richten Sie DCS Cooper aus, dass ich den Vorfall meinen Vorgesetzten melden werde.« Abschließend bedachte sie Tara mit einem hochmütigen Blick. »Ich hoffe, Sie haben wenigstens den Anstand, mir mitzuteilen, wenn wir wieder online sind.«

»Ich werde das zu meiner persönlichen Chefsache machen«, sagte Tara frostig. Kathryn Grant verließ mit wehenden Fahnen das Büro.

Tara grinste Maddie verschwörerisch an. »Sie ist richtig umwerfend, stimmt's?«, scherzte sie.

»Wem sagst du das«, sagte Maddie, während sie Tara bewundernd ansah. »Wie kommt sie auf die Idee, das Virus wäre ihretwegen eingesetzt worden.«

»Keine Ahnung«, meinte Tara lapidar.

»Weißt du, woran sie hier arbeitet?«

»Leider nicht«, gab Tara zu. »Ich wünschte, ich wüsste es.«

Der Abend zog sich in die Länge, während Maddie hilflos mit ansah, wie die Section Heads und die Angestellten vom IT Support versuchten, das Netzwerk wieder hochzufahren. Die Stunden verrannen und Maddie dämmerte es, wie verheerend die Geschichte sein konnte, denn das PIC war weitestgehend von seinen Rechnern abhängig. Nicht umsonst war man stolz auf die Hightech-Ausstattung der Sondereinheit, die die Verbrechensbekämpfung und -aufklärung immens vereinfachte. Jetzt allerdings waren alle Dateien, Ordner, Vorgeschichten von Fällen, Archive und laufende Operationen eingefroren, lagen unzugänglich in einem geschlossenen Rechner-System. Es gab praktisch nichts auf Papier. Wenn das Virus den Server unwiderruflich lahmgelegt hatte, bedeutete das, das die Arbeit von Jahren verloren war.

Notstandsbesprechungen wurden einberufen, während die Section Heads versuchten, etwas aus dem Boden zu stampfen, damit die Arbeit weitergehen konnte. Eines war klar: Das PIC konnte nicht einfach dicht machen – es war undenkbar, dass die Beamten tatenlos herumsaßen und Basketball mit zerknülltem Papier spielten, bis alles geregelt war.

Der Abend ging in die Nacht über, aber die Nachrichten wurden und wurden nicht besser.

Kevin Randal besprach sich kurz mit Jack Cooper. Danach

spiegelte sein Gesicht neue Sorge wider und er ordnete eine kurze Lagebesprechung an. Dafür rief er alle Beamten der Abteilung zusammen.

»Es ist schlimmer, als wir dachten«, setzte er die Truppe in Kenntnis. »Das Virus hat nicht nur uns erwischt – es ist bis zu Cobra durchgedrungen. Alle Rechner sind runtergefahren. Nichts läuft mehr.«

Cobra war die Bezeichnung für das Interne Verteidigungsprogramm Großbritanniens. Wenn Cobra betroffen war, dann bedeutete das, dass jede Sicherheitseinheit des Königreichs offline war und diejenigen, die auf Computerkriminalität spezialisiert waren, ohne Arbeit dastanden. Falls Cobra nicht bald wieder lief, war der zentrale Nerv zur Verbrechensbekämpfung getroffen.

Aber es sollte noch schlimmer kommen.

»Es sieht so als, als wäre das Virus intern eingeschleust worden«, wusste Kevin Randal tonlos zu berichten.

»Innerhalb von Cobra?«, hakte Alex nach.

Kevin Randal sah ihn direkt an. »Nein.« Er machte eine Pause. »Innerhalb des PIC!«

Die Nachricht schlug ein wie eine Bombe.

Maddie starrte ihn fassungslos an. »Das ist unmöglich«, stammelte sie schließlich. »Es sei denn, jemand hat es getan, ohne es zu wissen.«

»Hoffen wir, dass das der Fall ist.« Kevin Randal sah in die besorgten Gesichter seiner Leute, fixierte jeden Einzelnen kurz. »Ich muss mit jedem sprechen, der in den letzten fünf Tagen ein externes Laufwerk an das System angeschlossen hat und ich will haargenau wissen, welche Internetseiten Sie in diesem Zeitraum besucht haben. Das Virus ist hier hereingekommen – und wir werden in Erfahrung bringen, wie.«

Maddie sah zu Alex hinüber. »Könnte das jemand absichtlich getan haben?«, stellte sie in den Raum.

»Diese Frage werden wir angehen, wenn es notwendig wird«, wiegelte Randal ab. »In der Zwischenzeit gehen wir von einem Versehen aus. Ich brauche Ihnen nicht zu sagen, dass die Innenministerin alles andere als erfreut ist. Sie schickt ein IT-Spezialistenteam der Government Communications Headquarters, die besten Männer des britischen Geheimdienstes.«

»Werden wir etwa der Sache beschuldigt?«, warf Alex ein.

Kevin Randal sah grimmig drein. »Margaret Churchills genaue Formulierung war: ›Unternehmen Sie nichts. Ich schicke ein Team, dem ich vertrauen kann, um *einen weiteren* Patzer ihrerseits zu bereinigen.‹« Er sah sich vielsagend im Raum um. »Das klingt nicht gerade nach einer zufriedenen Innenministerin.«

Maddie blickte ihn unbehaglich an. Dieses Desaster könnte das Fass zum Überlaufen bringen und die Innenministerin davon überzeugen, dem PIC den Strom abzudrehen.

»In der Zwischenzeit«, fuhr Kevin Randal fort, »versuchen wir mit allen uns zur Verfügung stehenden Mitteln weiterzumachen, soweit das möglich ist. Wir können unsere Telefone, die Faxgeräte und die Laptops weiter benutzen. Und nicht umsonst gehören Sie alle zu einer Eliteeinheit – strengen Sie Ihren Grips an. Das ist die Gelegenheit, unter Beweis zu stellen, wie gut das PIC ist und was Sie ohne Rechner leisten können.« Er brach auf. »Und versucht bitte jemand herauszufinden, wo DCI Baxendale abgeblieben ist?«, rief er. »Sie soll an ihrem Arbeitsplatz erscheinen!«

Seit das Virus zugeschlagen hatte, war Jack Cooper nicht mehr aus seinem Büro aufgetaucht. Maddie konnte sich lebhaft vorstellen, was er da drinnen durchmachte. Mit Sicherheit lief sein Telefon heiß, während er seine Kontakte spielen ließ, um den Schaden zu deckeln. Er würde alle Hebel in Bewegung setzen, um das PIC zu retten.

Um kurz nach zehn war Maddie schließlich zu Hause. Im PIC hieß es jetzt abwarten und sich in Geduld üben. Für sie gab es nichts zu tun.

Sie war als Allererstes unter die Dusche gegangen, während ihre Großmutter ein spätes Abendessen für sie beide machte. Jetzt saß Maddie im Bademantel am Tisch, ihre Haare waren in ein Handtuch gewickelt. Leise und etwas atemlos ging sie den Nachmittag mit ihrer Großmutter durch. Wie Erzählungen aus der Hölle, dachte Maddie, mit dem Unterschied, dass sie das alles wirklich erlebt hatte.

»Ich habe noch nie eine Leiche gesehen«, berichtete Maddie stockend. »Es war kein schöner Anblick, Gran.« Sie schluckte. »Ich hab mich mit Paul am Telefon unterhalten, nur ein paar Minuten, bevor ich ihn dann gefunden habe.«

Beruhigend legte ihre Großmutter ihr eine Hand auf den Arm. »Das Wichtigste ist, dass es dir gut geht – dass dir nichts passiert ist«, sagte sie.

Maddie lächelte schwach. »Das ist mehr oder weniger das, was auch DCI Randal gesagt hat. Regel Nummer 1: Überleben.«

»Ich mag diese Regel«, gestand ihre Großmutter freimütig.

»Kurz bevor ich gegangen bin, habe ich Tara gefragt, wann sie Dad heimbringt«, sagte Maddie. »Sie denkt, dass er momentan keine Anstalten machen wird, das PIC zu verlassen. Seit das Virus losgeschlagen hat, habe ich ihn nicht mehr gesehen.«

»Das war auch das Letzte, was er jetzt gebrauchen kann«, tat Gran kund. »Seit Margaret Churchill Innenministerin geworden ist, steht er unter enormem Druck. Die zwei verstehen sich nicht gerade blendend. Ich hoffe, er übertreibt es nicht – du weißt ja, wie er ist. Er wird sich zu Tode schuften.«

»Wenigstens ist Tara bei ihm«, befand Maddie. »Sie wird darauf achten, dass er etwas isst und ein paar Pausen macht.«

»Na, das hoffe ich«, setzte ihre Großmutter an. »Er ist stur wie ...« Sie grinste: »... wie du.«

Maddie stieß ein Lachen aus, ihr war nicht nach Scherzen zu Mute. »Ich glaube, die Innenministerin gibt Dad Schuld am Zusammenbruch der Systeme«, sagte sie schließlich. »Wie es aussieht, wurde das Virus intern eingeschleust. Obwohl bis jetzt niemand nachvollziehen kann, wie das passieren konnte.«

»Heutzutage kann man so viel machen«, gab ihre Großmutter zu Bedenken. »Vielleicht war es so etwas Einfaches wie eine infizierte E-Mail.«

»Das kann es leider nicht gewesen sein«, erklärte Maddie nachdenklich. »Die Sicherheitsvorkehrungen schließen so etwas aus. Aber du hast Recht, wenn es nämlich nicht auf diese Weise gelaufen ist, haben wir ein Riesenproblem.«

Ihre Großmutter sah sie fragend an.

»Dann hat jemand vom PIC das Virus absichtlich eingeschleust«, stellte Maddie klar. »Und wem kann man dann noch trauen?« Sie hatte sich die Frage schon vorher gestellt, aber bislang hatte sie immer gedacht, dass sie sich auf all ihre Kollegen hundertprozentig verlassen konnte. Sie fühlte sich müde, wie ausgebrannt, und sie wusste nicht mehr, was sie denken sollte.

Zwölftes Kapitel

Maddie wurde durch das Klingeln ihres Handys unsanft aus dem Schlaf gerissen. Sie brauchte einen Moment, bis sie es auf dem Nachttisch gefunden hatte.

»Maddie. Ich bin's.«

Sie setzte sich auf und versuchte sich zu konzentrieren. »Dad?«

»Hab ich dich geweckt?«, fragte Jack Cooper unbeholfen.

»Ja, aber das macht nichts.« Verschlafen rieb sie sich die Augen. »Brauchst du mich in der Zentrale?«

»Nein. Ich wollte mich bei dir entschuldigen, Maddie. Ich hätte mir gestern für dich Zeit nehmen sollen. Ich hab dich hängen lassen.«

»Das ist keine große Sache, Dad. Ich versteh das.«

»Es wäre wichtig gewesen, Maddie. Es konnte ja nicht ausbleiben, dass du solche Erfahrungen machst. Gestern war sicher kein besonders guter Tag. Aber vor allen Dingen hätten wir das gemeinsam durchsprechen sollen.«

»Ich komm schon damit klar, Dad.«

»Natürlich tust du das.«

Er machte eine Pause, wusste nicht, was er sagen sollte.

Maddie sah auf den Wecker auf ihrem Nachttisch – er zeigte Viertel vor sieben. »Dad? Hast du letzte Nacht überhaupt ein Auge zugemacht?«

»Ja«, behauptete Jack Cooper.

»Du bist ein schlechter Lügner.« Maddie kannte ihren Vater gut genug, um die Lüge fünf Meilen gegen den Wind zu riechen.

»Maddie, sobald die Krise hier überwunden ist, unterhalten wir uns. Versprochen.«

»Mach dir keine Sorgen, Dad. Ich bin schon groß«, versicherte Maddie ihm.

Spöttisch versuchte sich Jack Cooper in einem autoritären Tonfall: »Ich glaube, du kannst mich entscheiden lassen, wann ich nicht mehr um dich besorgt sein darf, Madeleine.«

Sie lachte leise. »Ja, Chef«, antwortete sie dann.

»Ich muss jetzt Schluss machen, Maddie. Ich muss noch einen weiteren Anruf beim Innenministerium machen, um die Situation in den Griff zu kriegen«, erklärte der »Wolf« grummelnd.

»Armer Kerl. Ist es sehr schlimm?« Maddie machte sich ernsthaft Gedanken; die Nachrichten, die sie von Tara hatte, waren nicht gerade vielversprechend.

»Es war schon mal besser«, gab ihr Vater zu.

»Alles klar. Ich seh dich später. Iss was, Dad. Das ist ein Befehl.« Sie konnte hören, wie ihr Vater ein Lachen am anderen Ende der Leitung unterdrückte, bevor er mit einem zackigen »Ja, Chef« antwortete.

Um kurz vor acht am selben Morgen öffneten sich die Türen des Aufzugs und entließen Maddie in eine Welt des Chaos. Wo sonst das Geklapper von Tastaturen, das Summen von Druckern und Servern die Geräuschkulisse bestimmten, hörte man nun Leute hastig durch die Gegend rennen und Informationen wurden lauthals quer durch den Raum ausgetauscht.

Alex hatte den Arbeitsplatz für das Kommunikationsnetzwerk in Beschlag genommen.

Er sah Maddie an, als sie hereinkam. »Willkommen in der neuen Steinzeit«, begrüßte er sie fast fröhlich. »Ein einziger Treffer und das gesamte System ist zusammengebrochen. Wir sind nunmehr dazu verdonnert, Rauchzeichen auszusenden.« Alex hatte seinen Humor nicht verloren und dafür war Maddie ihm dankbar.

»Ist immer noch kein Rechner funktionstüchtig?«, fragte sie.

»Jap«, antwortete Alex. »Der Kandidat hat 100 Punkte.« In diesem Moment blinkte die Telefonzentrale. Alex nahm den eingehenden Anruf entgegen und stellte ihn dann durch.

»Ist Jackie etwa immer noch krank?«, wollte Maddie wissen.

Alex nickte nur. »Wir versuchen, das auszugleichen, und wechseln uns hier am Platz ab.« Er sah sich um, als Agent Cassandra Shaw näher kam.

»Ich bin an der Reihe, mir gehört jetzt der heiße Stuhl«, sagte sie. Alex nahm das Headset ab und räumte den Platz. Er und Maddie liefen durchs Büro und Maddie bemerkte, dass nicht nur die Geräusche anders waren als sonst. Tische waren zusammengerückt worden. Die Agents saßen an ihren Schreibtischen, aber statt ihre Rechner einzusetzen, machten sie handschriftliche Notizen, schrieben Faxe oder tauschten Nachrichten direkt aus.

Andere nutzten exzessiv ihre Handys, hielten Kontakt, der normalerweise binnen Sekunden über das Internet abgewickelt worden war. Ade schöne virtuelle Welt, dachte Maddie. Sie war erstaunt, dass überhaupt so viel los war. Aber auch ohne Netzwerk musste die Arbeit weitergehen.

»Wie lang bist du schon hier?«, fragte Maddie.

»Nur ein paar Stunden«, antwortete Alex ausweichend.

Maddie sah ihn an, sein Tonfall hatte ihn verraten »Seit halb sechs gestern?«

Alex grinste. »Wir haben genauso viel Arbeit zu erledigen wie vorher – die bösen Jungs draußen in der Welt haben sich nicht zurückgehalten, nur weil unsere Rechner nicht funktionieren.«

»Ich hätte früher kommen sollen«, meinte Maddie.

»Der Chef war der Meinung, dass du eine Pause brauchst«, warf er ein und er konnte Jack Cooper nur Recht geben. »Du hattest gestern einen schlimmen Tag.« Vorsichtig sah er sie an und wartete auf ihre Reaktion. »Ich frage dich besser nicht, wie du dich fühlst. Es dauert, bis man mit so etwas fertig wird. Und man gewöhnt sich nie daran«, sagte er dann sanft.

»Hat mein Vater auch nur eine Minute geschlafen?«, fragte sie unvermittelt.

»Soweit ich weiß nicht«, bestätigte Alex ihre Vermutung. »Er nimmt das alles sehr persönlich und engagiert sich unglaublich.«

Maddie sah ihn aufmerksam an. »Denkst du, es könnte eine interne Geschichte gewesen sein?«, fragte sie mit gesenkter Stimme. Sie kam sich fast vor, als würde sie dabei Hochverrat schreien.

»Im Leben nicht«, antwortete Alex ohne zu zögern. »Das Team vom Geheimdienst wird herausfinden, wie unser Schutz durchbrochen worden ist. Und dann wird es dafür sorgen, dass es nie wieder vorkommt.«

»Hat jemand die Spuren, die ich von Paul hatte, weiterverfolgt?«

»Klar, Kevin hat ein paar Leute an die Telefone gesetzt und

drei weitere sind auf der Straße, klappern die Adressen ab, die wir finden konnten.« Dann schüttelte er den Kopf. »Nichts Konkretes bis jetzt und Danny jagt immer noch hinter Harvey Silver her.«

Kevin Randal durchquerte den Raum und kam zu ihnen herüber. »Ich brauche jemanden, der Paul Gilmores Adresse überprüft«, sagte er ohne eine Begrüßung. Auch ihm war der Stress anzumerken.

»Das mach ich«, bot Maddie an.

»O. k. Aber du gehst nicht allein.«

»Ich geh mit«, erklang Taras Stimme. Auch sie sah müde aus. »Der Chef hat mich gerade rausgeworfen«, erklärte sie, während sie Maddie ansah und ein Lächeln um ihre Mundwinkel spielte. »Er hat gesagt, ich würde ihn noch mehr nerven als du. Er hat sich in seinem Büro verbarrikadiert, geht auf dem Zahnfleisch und ernährt sich von schwarzem Kaffee. Wenn er nicht bald eine Pause einlegt, sind die Rechner nicht das Einzige, was zusammenbricht.«

Maddie sah Kevin Randal an. »Stellen Sie ein Gespräch zu meiner Großmutter durch«, schlug sie vor. »Sie weiß, wie sie mit ihm umzugehen hat.«

»Mach ich gleich«, sagte Kevin und hielt Blickkontakt mit Tara und Maddie während er die Nummer eingab. »Seid vorsichtig da draußen«, ermahnte er. »Jemand hat uns im Visier; lasst euch nicht überraschen.«

Maddie und Tara benutzten Pauls Schlüssel, um in die Wohnung in der Mercers Road zu gelangen. Sie befand sich im ersten Stock eines ganz normalen Hauses.

Die Küche und das Badezimmer lagen auf der Rückseite, während das Wohn- und das Schlafzimmer nach vorne gingen. Sie teilten sich auf, um effizienter suchen zu können. Tara ging Richtung Küche und Maddie betrat das Schlafzimmer.

Pauls vertraute Umgebung war ein Schock für Maddie. Sie stand neben dem ungemachten Bett, blickte auf Pauls Dinge. Kleider, die er nicht weggeräumt hatte. Ein aufgeschlagenes Buch, das mit den Seiten nach unten auf dem Nachttisch lag. Eine Jacke über der Türkante. Eine Tasse mit abgestandenem Kaffee.

Maddies Gedanken rasten, kreisten um den Jungen, den sie nur kurz kennen gelernt hatte und von dem sie nicht wirklich etwas wusste. Er würde nie wieder heimkommen, um die Klamotten wegzuräumen, die schmutzige Tasse zu spülen oder das Buch zu Ende zu lesen. Als sie ihre müden Augen rieb, sah sie seinen Körper vor sich, wie er zusammengesunken auf dem Boden der U-Bahn lag. In ihrer Vorstellung wurde die Blutlache größer.

Sie fuhr sich mit den Fingern durchs Haar, wie um die Gespenster zu vertreiben.

»Nein«, sagte sie zu sich selbst. »Dafür ist keine Zeit.« Sie fühlte eine tiefe Verpflichtung Paul gegenüber. Er hatte ihr am Ende helfen wollen und sie hatte die Pflicht, in seinem Nachlass zu wühlen, um herauszufinden, wer ihn umgebracht hatte.

Sie fingerte ein paar Papiere und Briefe auf der Kommode durch. Werbung, das meiste jedenfalls – ein paar Rechnungen. Nichts, was für die Untersuchung relevant sein könnte. Sie ging methodisch vor, wie sie es in ihrer Ausbildung gelernt hatte. Zunächst leerte sie die Schubladen, legte den Inhalt vorsichtig auf den Boden. Dann zog sie die Laden heraus, um darunter nachzusehen, ob nichts versteckt oder angeklebt war. Sie fand nichts.

Auch der Kleiderschrank brachte keine neuen Erkenntnisse. Aus der Küche hörte sie die Geräusche von Taras Suche. Taras Anwesenheit war tröstend, schließlich war die persönliche Assistentin ihres Vaters Kampfsportmeisterin. Falls hier etwas schief gehen würde, wäre Tara eine klasse Rückendeckung. Maddie wandte sich zum Bett um, zog das Laken ab und fühlte nach Verstecken. Dann hob sie die Matratze. Darunter war ein braunes Etwas aus Leder zu sehen.

Sie zog daran und hielt plötzlich einen Terminplaner in der Hand. Sie ließ die Matratze wieder zurückfallen, kniete sich auf den Boden, öffnete den Verschluss und klappte den Planer auf. Eine Seite mit persönlichen Daten machte den Anfang.

Die Wohnung war plötzlich totenstill.

Sie schlug hochkonzentriert die Seite um. Vorn fanden sich die Adressen, die Paul vermerkt hatte.

Eine davon fiel ihr ins Auge.

PIT BULL – Apartment B, 568 Hammersmith Grove.

Auf Anhieb erkannte sie den Namen aus der Telefonliste in Pauls Handy, aber sie hatte keine Zeit weiterzusuchen. Gerade als sie sich weitere Adressen anschauen wollte und zu den Terminen weiterblätterte – traf sie ein heftiger Schlag auf den Hinterkopf. Maddie ging zu Boden. Sie sah Sterne. Einen Moment lang war sie wie geblendet vor Schmerz und Übelkeit übermannte sie. Dann sackte sie in die Dunkelheit und wurde ohnmächtig

Dreizehntes Kapitel

Nach einem frustrierenden Morgen betrat Danny die Kantine um zwanzig vor elf. Er und Alex legten eine kurze Pause ein und wollten nur Kaffee und belegte Brote zwischen zwei Schichten einfahren. Nicht, dass man momentan groß von fest abgegrenzten Arbeitszeiten reden konnte. Die Leute arbeiteten vielmehr so lange, bis die Berge abgebaut waren. Kaum einer der Agents gönnte sich den Luxus, nach Hause zu gehen. Die Entspannungsräume auf der obersten Etage der Zentrale boten die Möglichkeit, sich zwischendurch auszuruhen oder kurz zu verschnaufen, wenn es nötig war.

Auf den anderen drei Stockwerken der Zentrale arbeitete das IT-Team des Geheimdienstes auf Hochtouren, um einerseits das Netzwerk des PIC wieder hochzufahren und andererseits herauszufinden, wer das Virus eingeschleust hatte.

Danny kämpfte mit ganz anderen Problemen, da er mitverantwortlich für das Misslingen des Treffens in Sachen Flatline war und der neue Tag seine Laune nicht aufgebessert hatte.

»Silver ist wie vom Erdboden verschluckt«, teilte er Alex voll Zorn mit. »Ich war überall. Hab mit all seinen Kumpanen geredet. Er ist seit zwei Tagen verschollen.«

»Scheint ihn jemand gut dafür bezahlt zu haben, uns in die Falle zu locken. Und jetzt haut er seinen Lohn auf den Kopf«, wagte Alex eine Theorie.

»Irgendwann muss er wieder auftauchen«, brummelte Danny

vor sich hin. »Und wenn er das tut, bin ich zur Stelle. Darauf kann er sich verlassen.« Er sah Alex an. »Einer unserer Treffpunkte war übrigens das ›Prêt A Manger‹ in Soho. Ich war da und hab mich mit ein paar Leuten unterhalten.« Er hob bedeutungsvoll die Augenbraue. »Und dabei habe ich was Hochinteressantes erfahren. Erinnerst du dich an Sammi?«

Alex erinnerte sich: Sammi arbeitete als Bedienung im Prêt und verstand sich mit den meisten Agents des PIC gut.

Danny beugte sich über den Tisch und senkte die Stimme. »Rat mal, wen sie zusammen erwischt hat? Unsere Susie Baxendale und einen Typ, der der Beschreibung nach Andy Blake sein müsste, haben gestern in der dunkelsten Ecke des Cafés gemütlich zu Mittag gegessen.«

Alex war sprachlos. »Der Personalchef der Special Branch?«, hakte er schließlich nach. »Was hat Susan bloß von ihm gewollt?«

Danny zuckte die Schulter. »Genau das hab ich mich auch gefragt. Ich hab keine Ahnung, warum eine unserer Abteilungsleiterinnen mit einem Typ redet, der bekanntermaßen Spitzenleute aus anderen Abteilungen abwirbt.«

Alex schüttelte nachdenklich den Kopf. »Glaubst du, sie ist gerade dabei das Schiff zu wechseln?«

»Susie ist kein Dummkopf«, gab Danny zu bedenken. »Vielleicht weiß sie mehr als wir.«

»Wie meinst du das?«

»Zum Beispiel sind wir ja vielleicht in größeren Schwierigkeiten, als wir glauben«, erklärte Danny. »Vielleicht rammt das PIC wie die Titanic gerade mit voller Wucht einen Eisberg.«

Das Erste, was Maddie wahrnahm, war der stechende Schmerz in ihrem Kopf. Sie öffnete langsam die Augen. Das Licht stach unbarmherzig und sie fühlte nur, wie sie umgedreht wurde. Jemand redete auf sie ein, aber Maddie verstand die Worte nicht. Die Welt war quälend schmerzvoll und verschwommen. Sie sah wie durch einen Nebel, konnte nicht scharf stellen.

Dann erinnerte sie sich daran, dass sie auf dem Boden lag. Ihr Kopf tat höllisch weh und die kleinste Bewegung ließ sie vor Schmerz nach Luft schnappen.

»Komm schon, Maddie.« Langsam konnte sie wieder die Dinge einander zuordnen. Die Stimme war vertraut. Als sie dieses Mal die Augen zaghaft öffnete, blinzelte sie in ein bekanntes Gesicht. »Alles in Ordnung?« Tara war über sie gebeugt.

Maddie stöhnte. »Schmerz ... übel ...« Ihr fehlten die Worte.

»Ich helf dir hoch«, beruhigte Tara sie.

Maddie kämpfte sich auf die Beine, aber der Schmerz ließ nicht nach, sondern stach gnadenlos. Tara führte sie behutsam ins Bad, wo sie auf die Knie fiel und über der Toilette würgte.

Sie fühlte etwas Kaltes auf der Haut. Tara wischte ihr Gesicht mit einem nassen Handtuch ab.

»Hast du sie gesehen?«, fragte Tara ruhig.

Maddie kämpfte damit, Worte zu finden. »Gesehen ... wen?«

»Die Frau, die dich niedergeschlagen hat«, präzisierte Tara.

Maddie schüttelte den Kopf und eine neue Welle von Schmerz durchflutete sie. Sie konzentrierte sich auf Taras Gesicht. Langsam sah sie wieder deutlicher. Tara hatte eine offene Schürfwunde auf der linken Wange und Blut tropfte in ihren Kragen.

»Was ist passiert?«, wollte Maddie schließlich wissen. Ihre Sinne kehrten nach und nach wieder und sie erinnerte sich an alles.

»Wir sind hinterrücks überwältigt worden«, erklärte Tara. »Wer auch immer das getan hat, wusste genau, was er tat. Ich habe gerade in den Schrank unter der Spüle geschaut. Sie hat mich mit einer Riesenwucht von hinten getroffen.« Sie berührte ihre geschwollene Wange. »Ich war ein paar Minuten ohnmächtig und als ich wieder zu mir gekommen bin, war sie schon weg – und ich hab dich gefunden.«

»Du hast sie gesehen?«

»Sie hat eine Ski-Maske ...«

»Der Terminplaner«, unterbrach Maddie. »Ich hab Pauls Terminkalender gefunden.«

Tara schüttelte verneinend den Kopf. »Der ist jetzt weg.«

Maddie legte den Kopf zwischen die Hände, um das Abebben des Schmerzes abzuwarten. »Sie muss uns gefolgt sein«, meinte sie dann.

»Sie hat inzwischen, was sie wollte«, bemerkte Tara trocken, während sie ihr Handy zückte. »Ich fordere Verstärkung an.«

Simon Woods, der Leiter der Sondereinheit des Geheimdienstes, saß gelassen vor Jack Coopers Schreibtisch, nippte an seinem Kaffee und wartete darauf, dass der Chef des PIC den handschriftlichen Zwischenbericht durchgelesen hatte.

»Wie schnell können Sie unser Netzwerk wieder herstellen?«, fragte Cooper schließlich.

»Wir brauchen 48 Stunden«, antwortete Woods. Dann zuckte er mit den Schultern. »Vielleicht auch länger.«

Jack Cooper runzelte die Stirn und richtete seine Augen auf den Geheimdienstler.

»Sie sind stark verseucht«, sagte Woods freimütig, als er die Tasse zum Mund führte. »Das Virus hat gute Arbeit geleistet und … es ist direkt in Ihrer Abteilung ins System eingeschleust worden.«

Coopers Blick verschärfte sich. »Sind Sie sich sicher?«

Woods nickte bestätigend. »Das Virus ist ohne jeglichen Zweifel über den Rechner mit der Kennung PIC008MC reingebracht worden.«

»Das ist der Rechner meiner Tochter«, sagte Cooper verblüfft. »Kennen Sie den genauen Zeitpunkt?«

»Leider nein. Alles, was ich bis jetzt sagen kann, ist, dass die Aktivierung datums- und zeitabhängig war«, erklärte Woods. »Es hat vielleicht sogar ein halbes Jahr im System geruht und den Zeitpunkt abgewartet. Und der Nutzernamen ›Schwanensee‹ wurde eingesetzt – ist das der Ihrer Tochter?«

Jack Cooper knurrte zur Bestätigung. »Könnte das Virus von jemandem aktiviert worden sein, der nicht wusste, was er damit anrichtet?«

»Höchst unwahrscheinlich.« Woods nahm kein Blatt vor den Mund. »Das Computersystem des PIC ist außerordentlich gut geschützt. Jemand müsste alle üblichen Sicherheitsvorkehrungen überwunden haben, um ins Netzwerk zu gelangen.« Er sah Jack Cooper an. »Was sehr unwahrscheinlich ist. Hat außer Ihrer Tochter jemand an ihrem Arbeitsplatz gearbeitet? Mir sind ein paar Dokumente auf der Festplatte aufgefallen, die den Namen Kathryn Grant tragen. Sie steht nicht auf der Personalliste. Wer ist sie?«

»Über sie brauchen Sie sich keine Gedanken zu machen«, gab Jack Cooper knapp zu verstehen.

Simon Woods nahm einen Schluck Kaffee. »Ich vermute, Ihre Tochter ist außen vor und wird nicht verdächtigt.« Jack Cooper nickte schroff. »In diesem Fall«, fuhr Woods fort, »müssen wir nach jemandem suchen, der intern Zugang zum Rechner Ihrer Tochter hatte und außerdem den Nutzernamen kennt.« Er sah Jack Cooper fragend an. »Fällt Ihnen jemand auf Anhieb ein?«

»Einige«, bellte Jack Cooper zurück. »Und alles Leute, denen ich vertraue.« Sein Blick war stechend. »Lassen Sie mich eines klarstellen«, sagte er bissig. »Wollen Sie mir erzählen, dass einer meiner Mitarbeiter für den Vorfall verantwortlich ist?«

Simon Woods nickte nur. Ihm war Jack Cooper äußerst sympathisch, aber das änderte an den harten Tatsachen nichts. »Das PIC hat einen Maulwurf«, brachte er es auf den Punkt. »Wenn wir ihn nicht schnell herausspülen, muss ich dem Innenministerium leider mitteilen, dass die gesamte Abteilung untragbar unterwandert ist. Dann wird die Abteilung geschlossen, um größeren Schaden abzuwenden.«

Vierzehntes Kapitel

Maddie fühlte sich zwar angeschlagen, aber sie war nicht bereit nachzugeben. Der Polizeiarzt hatte Tara und sie gestern durchgecheckt und keine ernsthaften Verletzungen festgestellt. Dennoch hatte er beide nach Hause geschickt, damit sie sich erholen konnten. Falls sie Schwindelanfälle, Übelkeit oder doppeltes Sehen als Symptome entwickeln würden, sollten sie sich auf seine Anweisung hin umgehend ins Krankenhaus begeben.

Maddie hatte ihrer Großmutter das Versprechen abgenommen, ihrem Vater nichts zu verraten. So wollte sie den Vorfall herunterspielen. Ein Schlag auf den Hinterkopf war schließlich keine große Geschichte. Ihre Großmutter hatte nur zögernd eingewilligt und nur unter der Bedingung, dass Maddie ins Bett ging und Schlaf nachholen würde.

Maddie hatte widerspruchslos akzeptiert.

Trotz allem hatte Maddie bis morgens fest durchgeschlafen.

Allerdings waren da Albträume: Bilder wirbelten ihr durch den Kopf – Bilder von Paul – dem Blut – und ihrer unsäglichen Angst. Sie war froh, als der anbrechende Morgen sie von den Visionen in ihrem Kopf erlöste.

Tara war schon da, als sie in der Zentrale eintraf. Ein großes Pflaster bedeckte die Verletzung auf ihrer Wange.

Detective Chief Inspector Randal wollte sie beide umgehend in seinem Büro sehen.

Maddie hätte lieber gearbeitet, trotz des nagenden Kopfschmerzes, denn sie war froh um jede Ablenkung. Aber das Gespräch ließ sich nicht umgehen.

Kevin Randal beendete die Lektüre des handgeschriebenen Berichts von Tara über die Durchsuchung von Paul Gilmores Wohnung.

»Wir haben es also mit einer Frau zu tun«, begann er. »Das ist ein Fortschritt.«

»Ich bin mir nicht sicher«, warf Maddie ein. »Paul hat einen Mann erwähnt. Er sagte: ›Der Typ macht keine Scherze ... er will dir wirklich schaden. Er will Blut sehen ...‹ Das war seine Formulierung.«

»Aber in der Wohnung in der Mercers Road seid ihr von einer Frau überwältigt worden«, wiederholte Kevin Randal. »Wohin führt uns das?«

»Ein Mann *und* eine Frau, die zusammenarbeiten«, war Maddies Vorschlag. »Oder eine Frau, die für einen Mann arbeitet.«

Randal wollte sich nicht festlegen. »Dem Bericht zufolge hat die Frau mit euch zweien kurzen Prozess gemacht, sehr professionell«, betonte er. »Sie war schnell, rücksichtslos und sie wusste offensichtlich genau, was sie tat.«

»Sie ist ganz klar ein Profi«, warf Tara ein. »Ich habe sie nicht kommen hören – und sie hat mich mit einem einzigen Schlag zur Strecke gebracht. Es gibt nicht viele Leute, die das können.«

»Unter normalen Umständen«, sagte Randal, »würde ich das Täterprofil in die Datenbank einspeisen lassen und sehen, was der Rechner ausspuckt. Aber das ist leider zurzeit nicht möglich. Also müssen wir uns sehr genau ansehen, was uns die vorliegenden Fakten sagen. Nach Version eins war sie schon in der Wohnung, als ihr ankamt. In Version zwei ist sie euch dorthin gefolgt. Egal welche Version letztlich richtig ist, wir können davon ausgehen, dass sie es auf Paul Gilmores Terminplaner abgesehen hatte.«

»Wenn sie nicht noch andere Dinge mitgenommen hat, von denen wir nichts wissen«, ergänzte Tara. »Ich glaube nicht, dass Maddie die Zeit hatte, das Wohnzimmer zu durchsuchen.«

Maddie schüttelte resigniert den Kopf.

»Schade, dass du keine Zeit hattest, einen Blick in den Planer zu werfen«, meinte Randal bedauernd.

»Hatte ich doch«, berichtigte ihn Maddie. »Nur für einen Moment. Ich erinnere mich an einen Namen – eine Adresse.«

Tara drehte sich mit leuchtenden Augen zu Maddie um. »Das hast du nicht erwähnt.«

Maddie nickte. »Pit Bull. Apartment B … Hammersmith Grove.« Schweißperlen setzten sich auf ihrer Stirn ab. Es strengte sie erheblich an, sich Einzelheiten ins Gedächtnis zu rufen. »Ich kann mich nicht an die Hausnummer erinnern, aber Pit Bull war einer der Namen, die in Pauls Handy gespeichert waren.«

»Soll ich in der Hammersmith Grove von Tür zu Tür gehen?«, schlug Tara vor. »Die Straße ist ziemlich lang, ich schätze, es würde mich mindestens einen Tag kosten, aber ich könnte …«

»Wir sollten erst abwarten, ob Maddie sich noch an die Hausnummer erinnert«, antwortete Randal kurz. »Jedenfalls braucht der Chef dich, Tara – und ich habe jede Menge Papierkram, an dem du arbeiten kannst, Maddie.«

Maddie parkte ihre Vespa am Bürgersteigrand. Sie nahm ihren Helm ab und starrte auf das große viktorianische Gebäude, das sich vor ihr erhob.

568 Hammersmith Grove. Es war 13 Uhr 25.

Ein paar Stunden nach der Unterredung mit DCI Randal hatte ihr Gedächtnis urplötzlich die erwünschte Information ausgespuckt, während sie in komplett andere Dinge vertieft war. Sie hatte Außenberichte sortiert und kopiert. Es war dumpfe Arbeit, die ihr Rechner in einem Zehntel der Zeit bewältigt hätte – wenn er nicht in seine Einzelteile zerlegt auf ihrem Schreibtisch gestanden hätte.

Das IT-Team hatte alles in Beschlag genommen. Die Krisenstimmung des letzten Tages, die hektische Umtriebigkeit waren einem konsequenten Arbeiten gewichen. Langsam und methodisch setzten die Experten des Geheimdienstes alles wieder zusammen. Fast alle Daten konnten gerettet werden, aber die Abrechnungen der letzten sechs Monate waren gelöscht und nicht rekonstruierbar.

In einem ersten Impuls wollte Maddie ohne Umwege Kevin Randal die Hausnummer mitteilen, aber der befand sich gerade in einer wichtigen Besprechung.

Auch Danny war nicht da, er war immer noch auf der Suche nach Harvey Silver, und Alex schien bis über beide Ohren in Papierkram versunken. Tara war bei ihrem Vater und sollte unter keinen Umständen gestört werden. Es gab also keinen, der umgehend mit ihr zur Hammersmith Grove gehen konnte.

Ohne lange nachzudenken beschloss sie deshalb, den Job allein zu erledigen.

Hammersmith Grove war eine lange, dunkle Straße, gesäumt von hohen, alten Gebäuden, einigen gepflegten, modernen

Einfamilienhäusern und Blöcken mit heruntergekommenen Einzimmer-Apartments und Studentenbuden.

Nummer 568 gehörte zu den billigen Varianten.

Maddie schloss ihren fahrbaren Untersatz ab und durchquerte den ungepflegten Vorhof. Dann ging sie die Steintreppen, die zur Vordertür führten, hinauf. Sie blickte auf eine lange Reihe von Klingelknöpfen und eine rostige Gegensprechanlage und prüfte die Klingeln eingehend. Das Haus beherbergte insgesamt neun Apartments. Einige Klingeln waren mit Namensschildern versehen, aber Apartment B gehörte nicht dazu.

Beherzt klingelte sie und hörte entfernt ein Schrillen.

Die Gegensprechanlage blieb ruhig. Niemand kam an die Tür.

Deshalb ging sie die Stufen hinunter, um sich umzusehen.

Das Haus hatte zwei Fronten, da es die eine Hälfte eines Doppelhauses war. Maddie bog um die Ecke in eine Seitengasse und stand schließlich vor einem rohen Bretterverschlag, der einen Durchgang versperrte. Sie stellte sich einen Mülleimer an die Wand, damit sie hochklettern konnte. Sie musste sich an der Brettertür festhalten und dabei bröckelte das verrottete Holz unter ihren Händen weg. Der Durchgang war unpassierbar, ein Durcheinander aus Müll und wuchernden Brombeersträuchern versperrte ihn vollkommen. Sie würde eine Machete brauchen, um sich durchzuschlagen.

Maddie sprang zurück. Die ganze Aktion war nicht besonders helle gewesen, musste sie sich eingestehen, denn als sie auf den Füßen landete, schoss ihr ein stechender Schmerz durch den Kopf. In Filmen standen die Leute fast direkt nach einem Schlag wieder auf. In der Realität sah das anders aus.

Zweifel machten sich breit. Vielleicht war das doch keine so sonderlich gute Idee gewesen, allein hierher zu kommen.

Wenn sie und Tara tatsächlich verfolgt worden waren, dann könnte dieselbe Frau auch jetzt hinter ihr her sein. Sie war allein – und nicht gerade in Bestform, wie sie zugeben musste. Ihr Kopf pochte und Maddie rieb sich die Schläfen, um das Stechen zu lindern. Sie musste der Wahrheit ins Gesicht sehen: So wie sie sich momentan fühlte, war sie nicht mehr als eine flügellahme Ente. Allein und angreifbar.

Zwei Stunden zuvor hatte Jack Cooper ein Team aus seinen besten Leuten zusammengestellt und in den Besprechungsraum beordert. Das Briefing war ungewöhnlich kurz ausgefallen; knapp und pointiert. Die Bildschirme an den Plätzen waren noch immer leer, eine handgezeichnete Karte verdeckte den Flachbildschirm an der Wand.

Die Karte zeigte eine Vergrößerung des Stadtteils Bermondsey im Südosten von London. Tara hatte die Karte auf ein großes Blatt Papier mit einem Edding übertragen. Welten lagen zwischen der behelfsmäßigen Darstellung und den sonst üblichen computer-generierten Instrumentarien für Besprechungen. Momentan kosteten diese Dinge Zeit und waren grobschlächtig, aber sie erfüllten trotzdem ihren Zweck.

Jack Cooper setzte alles daran, dass das PIC unter allen Umständen weiterarbeiten konnte. Operation Flatline lief konzentriert weiter. Cooper sah es zu Recht als überlebensnotwendig an, dass das Chaos der letzten Tage nicht die Effektivität der Arbeit an laufenden Fällen untergrub.

Neue Informationen über Drogenlaboratorien waren eingetroffen und diesmal sogar aus drei unterschiedlichen Quellen. Die Neuigkeiten schrien förmlich nach einer Reaktion.

Kevin Randal sollte das Außenteam anführen und Danny und Alex waren mit von der Partie.

Die Karte zeigte einen Abschnitt der Themse, die Pool genannt wurde – eine leichte Beuge, die von der Tower Bridge zur Linken bis zum Rotherhithe-Tunnel zur Rechten reichte. Darunter, parallel zum Flussverlauf, befand sich die gemalte Linie, die die Jamaica Road darstellte. Tara hatte außerdem das Netz von Straßen aufgezeichnet, das zwischen Fluss und Straße lag. Ein roter Kreis markierte das Zielgebiet.

»Wir haben allen Grund, davon auszugehen, dass die Drogenlabore hier angesiedelt sind, in ungenutzten Lagerhallen«, informierte Cooper seine Leute, die eifrig Notizen machten. Er sah bedeutungsvoll zu Danny und Alex hinüber und fuhr schließlich fort: »In Anbetracht des Desasters in Bayswater haben wir alle Informationen gegengecheckt.«

Danny hob den Stift, um einen Einwand anzubringen. »Wäre es nicht besser, wenn wir das ein paar Tage zurückstellen würden, Sir?«, fragte er. »Vielleicht brauchen wir Computerunterstützung, wenn wir das Labor hochgehen lassen.«

Jack Cooper schüttelte nur den Kopf. »Das PIC muss weiterarbeiten und unter Beweis stellen, dass es trotz der aktuellen Probleme funktioniert«, formulierte er seine Überlegungen. »Deshalb bin ich nicht bereit zu warten. Ich möchte keine Verzögerungen. Kein Abwarten. Das muss heute über die Bühne gehen.« Er fixierte dabei Kevin Randal. »Die Aktion hat absolut perfekt abzulaufen«, stellte er klar. »Setzen Sie alle Mittel ein, die notwendig sind.« Er blickte sich im Raum um, sah jeden seiner Männer aufmunternd an. »Macht daraus einen rauschenden Erfolg«, bestärkte er sie. »Ihr seid schließlich die Besten!«

Fünfzehntes Kapitel

Maddie stand regungslos auf der Seite des Hauses und beobachtete den Eingang, aber eigentlich wartete sie darauf, dass der noch immer pochende Schmerz in ihrem Kopf nachlassen würde. Ihre Vorstellung gaukelte ihr einen dunklen Schatten vor, der die Straße entlangkroch und unaufhaltsam näher kam. Jemand, der sie beschattete, der nur darauf wartete zuzuschlagen.

Ihre Hände zitterten. Sie presste sie zusammen und versuchte ihrer Angst Herr zu werden. Falls sie irgendwelche Leute im Visier hätten, würde sie ihnen ins Auge blicken. Sie würde nicht einfach nur warten, sondern zurückschlagen.

Erneut ging Maddie die Steinstufen zur Tür hinauf und begann methodisch die Klingeln zu drücken.

Bei Apartment D meldete sich schließlich jemand.

Die Gegensprechanlage knackte und Maddie hörte eine alte Stimme. »Wer ist da?«

Sie sprach direkt in das rostige Gitter. »Entschuldigen Sie, dass ich störe«, sagte sie extra laut und deutlich. »Ich versuche, den Bewohner von Apartment B zu erreichen. Können Sie mir vielleicht helfen?«

»Warten Sie.« Ein weiteres Knacken folgte, dann verstummte die Anlage.

Eine halbe Minute verging, dann öffnete ein älterer Mann die Tür. Er war klein und ging leicht gebeugt, seine herunterhängende graue Hose und eine grüne Strickjacke schlotterten um seinen dünnen Körper.

Maddie nahm ihre Polizeimarke heraus und zeigte sie vor. Er warf nur einen kurzen Blick darauf und starrte sie dann unverwandt an.

»Sie sehen für eine Polizistin sehr jung aus«, stellte er dann fest.

»Ich bin eine«, gab Maddie bestimmt zurück. »Könnte ich Ihnen ein paar Fragen über die Person stellen, die in Apartment B wohnt?«

»Ich konnte einer schönen Frau noch nie etwas abschlagen«, schmeichelte der Mann. »Ich heiße Billy und bin hier der Hausmeister. Möchten Sie nicht hereinkommen? Ich mache uns eine schöne heiße Tasse Tee.«

Wenig später befand sich Maddie in einem kleinen Wohnzimmer, saß auf einem schäbigen alten Sessel und hielt eine Tasse Tee in der Hand, während Billy daneben am Esstisch hockte.

»Sein Name ist Ian Dale«, erzählte Billy ihr. »Er wohnt hier erst seit ein paar Wochen. Er scheint ganz nett zu sein. Zahlt regelmäßig und pünktlich. Bar. Macht keinen Krach.« Er grinste. »Ich mag Mieter, die so sind. Ich mag ein ruhiges Haus.«

»Hat er Referenzen angegeben, als er eingezogen ist?«, fragte Maddie.

Billy gluckste. »Ich frage nicht nach Referenzen, Liebes«, sagte er. »Wenn ein Kerl in der Lage ist, seine Kaution zu hinterlegen und die Miete vier Wochen im Voraus zahlt, dann genügt mir das.«

»Bekommt er viel Post?«, fragte Maddie weiter. »Viele Besucher?«

»Keine Post«, antwortete Billy. »Er holt seine Stütze offensichtlich persönlich ab.«

»Warum glauben Sie, dass er von Sozialhilfe lebt?«, wollte Maddie wissen.

»Er hat jedenfalls keine regelmäßige Arbeit«, erklärte Billy. »Ist die meiste Zeit hier. Er geht nur ab und zu weg. Was ich Ihnen aber sagen kann: Er hat 'ne Freundin.« Billy zwinkerte mit den Augen. »Ich höre ihre Stimme ab und zu. Hab sie noch nie gesehen.«

»Ich habe mehrfach geklingelt«, sagte Maddie. »Und es hat keiner reagiert. Ist er weggegangen?«

»Jetzt, wo Sie's erwähnen, Liebes, ich habe schon seit ein paar Tagen keinen Mucks mehr gehört. Sein Apartment liegt direkt unter meinem, deshalb kann ich normalerweise hören, ob vielleicht das Radio spielt oder so – aber es war still wie ein Grab da unten.« Maddie gefiel die Andeutung in seiner letzten Bemerkung nicht sonderlich gut. »Ich habe keinen Durchsuchungsbefehl«, gab sie offen zu. »Deshalb kann ich nicht offiziell da hineingehen – aber vielleicht haben Sie ja die Ersatzschlüssel?« Sie kannte Typen wie Billy, die ihre Nachbarn beobachteten und die Gelegenheit beim Schopf packten, um selbst einmal im Mittelpunkt zu stehen. Billy würde anbeißen, wenn er Schlüssel hätte.

Maddie hatte richtig getippt, denn Billy nickte glücklich. »Ich hab Schlüssel zu allen Wohnungen«, sagte er dann. »Was wollen Sie von ihm? Ist es irgendwas Schlüpfriges? Hat er 'ne Bank überfallen? Oder ist er ein Axtmörder?«

Maddie zuckte zusammen, denn diese Vorstellung behagte ihr nicht. »Er könnte uns bei Ermittlungen behilflich sein, die sich mit schwerwiegenden Vergehen beschäftigen«, sagte sie vage. »Das ist alles, was ich Ihnen dazu sagen kann.«

»Ernsthaft? Hey, klasse!« Billy rieb sich schadenfroh die Hände. »Ich hab gern ein bisschen Aufregung.« Er stand erwartungsvoll auf. »Sollen wir einen Blick wagen? Es muss ja keiner wissen!«

Er ging zum Kleiderschrank hinüber und zog eine Schublade auf. Maddie stand neben ihm und sah, dass die Schublade überquoll mit beschrifteten Schlüsseln. Billy nahm ein Paar heraus und grinste Maddie dabei breit und verschwörerisch an. »Das ist genauso wie in einer von den Fernsehpolizeikrimis«, sagte er fröhlich. »Glauben Sie, wir finden 'ne Leiche?«

Maddie lief es eiskalt den Rücken herunter. Das würde ihr gerade noch fehlen, aber sie wappnete sich für alles.

Gemeinsam gingen sie die Treppen hinunter. Billy war wie versessen, er fand die Idee außerordentlich spannend, dass ein gesuchter Verbrecher in der Wohnung unter ihm hausen könnte. Maddie hörte seinem üblen Geschwätz kaum zu. Stattdessen konzentrierte sie sich darauf, was sie hinter der geschlossenen Tür erwarten würde.

Kevin Randal hatte seine Truppe in Bermondsey in Position gebracht.

Er blickte auf die Uhr: 13 Uhr 40; es war fast Zeit loszuschlagen.

Das Lagerhaus gehörte zu einer Anlage mit mehreren Hallen, die sich auf einem leeren Hof gegenüberstanden. Die gesamte Anlage schien verlassen. Ein paar Förderkübel mit Kippvorrichtung, ein verschrottetes Auto und zerbrochene Scheiben überall zeugten nicht gerade von Leben.

So wie es aussah, ein perfekter Platz, um Drogen herzustellen.

Der Komplex war zum Abriss freigegeben worden und gammelte vor sich hin.

Danny war mit dem ersten Team unterwegs und beobachtete aufmerksam den Haupteingang. Sie warteten auf das verabredete Zeichen – das Losungswort –, um nach Plan vorzugehen.

Alex befand sich auf der Rückseite des Gebäudes. Er hatte mit insgesamt vier weiteren Agents die Mauer überklettert, um dorthin zu kommen. Die Fenster der Rückfront waren mit dicken, schwarzen Metallstäben gesichert, aber eine wackelige Metalltreppe führte zu einer Tür. Alex war auf dem Sprung.

Kevin Randal starrte auf seine Uhr. Der zweite Zeiger wanderte auf die Zwölf. »O.k.« gab er das Kommando über sein Headset. »Bringen wir es hinter uns.«

Danny rannte mit den anderen zur Vorderseite des Lagerhauses. In die riesigen Holztore war ein kleinerer Eingang geschnitten worden. Mit einem Rammbock versuchten sie, die Tür aufzubrechen. Splitter flogen, aber erst beim dritten Schlag gab die Tür nach und brach aus ihren Angeln.

Die Agenten des PIC strömten in das Lagerhaus.

Auf der Rückseite spielte sich eine ähnliche Szene ab. Alex hatte ein Brecheisen, mit dem er die Metalltür nahe des Schlosses traktierte. Er musste mehrmals hart zuschlagen, ehe das Schloss nachgab.

»Wir sind drin«, sagte er in sein Gesichtsmikrofon.

Hinter ihm befanden sich bewaffnete Agents. Bestens ausgebildete Männer, die mit jedem Szenario fertig würden.

Dieses Mal würde das PIC auf Gold stoßen und mit ihrem Einsatz den triumphalen Erfolg landen, den sie bitter nötig hatten.

Sechzehntes Kapitel

Um zehn vor zwei schloss Billy die Tür zu Apartment B auf und trat einen Schritt zurück. Er ließ lieber Maddie den Vortritt. Feixend sah er Maddie an.

»Nach Ihnen, meine Liebe«, sagte er. »Nur für den Fall, dass sich doch ein Axtmörder im Bad versteckt.«

Maddie fand das überhaupt nicht witzig. Sie wusste selbst nicht, was sie erwartete und hatte ein flaues Gefühl im Magen, aber ihre Kopfschmerzen hatten zumindest nachgelassen.

Sie trat in den schmalen Eingangsbereich und bemerkte, dass die Wohnung leicht unangenehm roch. Eine winzige Küche ging zur Rechten ab. Sie öffnete eine Tür und sah in das schäbige Wohnzimmer. Das Fenster war mit scheußlichen, angegrauten Netzgardinen verhängt und die Möbel alt und abgenutzt.

Maddie sah sich aufmerksam um, doch sie konnte keinerlei persönliche Dinge entdecken – nichts, das verriet, dass hier jemand wohnte.

Sie ging in die Küche. Dreckige Töpfe, Teller und Besteck stapelten sich in der Spüle in kaltem, brackigen Wasser. Der Herd war fettig. Sie öffnete den Kühlschrank und fand eine Packung Milch und einen Klacks Butter in Folie gewickelt, mehr war nicht zu sehen.

Ein schmaler Flur führte zum Schlafzimmer. Dort befand sich

ein Schreibtisch vor zugezogenen Gardinen. Maddie lief hinüber und schob die Vorhänge zurück, die dahinter liegenden französischen Fenster gingen auf einen überwucherten Garten hinaus.

»Sieht so aus, als hätte er die Biege gemacht«, stellte Billy fest und rieb sich die Hände. »Dann muss ich wohl 'ne neue Anzeige im Kiosk aushängen lassen.« Er legte die Stirn in Falten.

»Er hat bis zum Ende des Monats bezahlt. Normalerweise setzen die sich ab, wenn sie die Miete nicht bezahlt haben – nicht umgekehrt.«

Der Raum wies eindeutig Anzeichen eines überstürzten Aufbruchs auf. Schubladen standen offen. Die Kleiderschranktüren klafften und das Bett war ungemacht.

Maddie ging an Billy vorbei und bog ab ins Bad, das auch danach aussah, als wäre Eile angesagt gewesen. Sie nahm dünne Latexhandschuhe aus ihrer Umhängetasche und zog sie über. Dann kniete sie sich nieder und sah in den Plastikeimer unter der Spüle. Dort fand sie eine entsorgte Rasierklinge und ein paar Wattebällchen. Sie nahm eines vorsichtig zwischen Daumen und Zeigefinger hoch. Es war eindeutig benutzt worden, um Make-up zu entfernen.

Sie vermutete von Ian Dales Freundin. Alle Fakten sprachen dafür.

Sie ging zurück ins Wohnzimmer, wo sie Billy verschwörerisch angrinste. »Sieht ganz so aus, als hätte er gewusst, dass Sie kommen, stimmt's?«

Maddie sah ihn an. War das möglich? Sie musste diese Variante in Erwägung ziehen. Vielleicht hatte Pit Bull von dem Mord an Paul erfahren und war abgetaucht? Oder war er eventuell sogar tiefer darin verstrickt? Alles war möglich, so wie es jetzt aussah.

Hier kam Maddie nicht weiter, sie hatte gesehen, was es zu sehen gab.

»Ich brauche die Schlüssel«, sagte sie knapp und gab unmissverständliche Anweisungen. »Die Wohnung muss abgeschlossen werden, bis unser Team von der Spurensicherung eintrifft.« Sie sah sich ein letztes Mal um und entdeckte etwas hinter dem Sofa. Ein Zipfel Farbe lugte hervor. Sie bückte sich und hob einen lindgrünen Voile-Schal auf – ein Frauenschal, in der Eile des Aufbruchs vergessen.

Maddie hielt den Schal unter die Nase und runzelte die Stirn. Der Duft war ihr vertraut. Sie atmete tief ein und versuchte sich dabei daran zu erinnern, woher sie ihn kannte. Ihr Gedächtnis ließ sie im Stich, so sehr sie sich auch zu konzentrieren versuchte. Sie legte den Schal über die Lehne des Sessels, denn sie wusste, dass sie ihr Erinnerungsvermögen nicht erzwingen konnte.

»Er hatte ein kleines Feuer hinten im Garten gemacht, vorgestern«, sagte Billy plötzlich. »Hab ich fast vergessen. Ich musste meine Fenster schließen, weil der Rauch rübergeweht ist. Er hat Papier verbrannt.«

»Zeigen Sie mir wo«, befahl Maddie.

Danny trat durch die aufgebrochene Tür. Die Agenten in der Halle durchleuchteten alles mit Stablampen. Regale, Paletten und gebündelter Müll waren zu sehen, aber es war kein Lebenszeichen auszumachen.

Dann öffnete sich im hinteren Teil der Halle eine Seitentür. Licht flutete durch den Spalt und ein Gesicht erschien.

»Polizei!«, rief Kevin Randal. »Bleiben Sie, wo Sie sind!«

Schnell näherten sie sich der Tür und sicherten sich dabei gegenseitig. Eine junge Frau stand dort – ihre Augen waren vor Schock weit aufgerissen. Sie hatte lange Haare und trug ein Brokatkleid, das ihr bis zu den Füßen reichte.

»Was wollen Sie?«, ächzte sie. Sie war sichtlich verstört.

»Wo ist der Rest der Bande?«, zischte Randal scharf.

Ihre Stimme zitterte, als sie antwortete. »Oben. Ich verstehe das nicht.«

»Leg ihr Handschellen an«, befahl Randal und drängte an der Frau vorbei. Danny sah sie an und zögerte.

Alex betrat derweil als Erster den oberen Raum, der am Ende eines dunklen Korridors lag. Schummriges Licht kam von Kerzen und der Duft von Räucherstäbchen hing schwer in der Luft.

Ungefähr ein Dutzend Leute saßen im Schneidersitz mit geschlossenen Augen auf dem Boden und summten leise und melodisch vor sich hin. Der Wandteppich am Ende des Raums stellte einen langhaarigen, bärtigen Mann dar, der hoch im All über dem Planeten Erde schwebte. Ein Bogen silberner Raumschiffe bildete einen Kranz um seinen Kopf.

Als das Team des PIC den Raum stürmte, standen die Leute mit unsicheren Bewegungen aus dem Kreis auf.

Alex sah sich im Raum um. Er bemerkte, dass merkwürdige Musik von irgendwoher ertönte, aber er konnte kein einziges Indiz dafür finden, dass hier Drogen hergestellt wurden.

Alex setzte sein Mikrophon ein, um die anderen zu verständigen. »Wir haben sie gefunden.« Er sah in die aufgeschreckten Gesichter der Leute, die sie überrumpelt hatten. »Aber ich bin mir nicht sicher, ob das hinhaut ... ob wir hier richtig sind.«

Die französischen Fenster ließen den Blick frei auf Gestrüpp. Jemand war erst kürzlich durchgegangen, denn Äste waren zur Seite gedrückt oder niedergetrampelt worden. Maddie gab Billy zu verstehen, dass er zurückzubleiben hatte, damit der Tatort nicht verändert wurde.

Wenige Meter in den Garten hinein lichtete sich das Unterholz und ein Fleck war zu erkennen. Offensichtlich die Feuerstelle, denn ein verbeulter und angeschwärzter Metalleimer stand auf einem Aschehaufen. Maddie suchte einen Stock. Weißer Staub stieg auf, als sie den Haufen durchwühlte. Sie fand nichts Weltbewegendes, nur verkohltes Zeug, das meiste davon Holzscheite, um das Feuer anzuheizen.

Maddie bückte sich und durchkämmte die Asche akribisch. Sie fand auch auf diese Weise nichts Bemerkenswertes.

In dem Eimer dagegen befand sich halb Verbranntes. Sie stellte ihn auf dem Kopf. Sie musste husten, als eine Wolke von Asche aufstieg, warf den Eimer zur Erde und kickte ihn aus dem Weg.

Dann wartete sie geduldig, bis der Staub sich gelegt hatte.

»Irgendwas gefunden«, rief Billy neugierig von den Fenstern herüber.

»Bis jetzt noch nicht. Bleiben Sie, wo Sie sind«, schrie Maddie zurück.

Sie bückte sich erneut. Ein Teil der Glut war noch warm, das Feuer war nur langsam niedergebrannt.

Sie durchsuchte den Aschehaufen und fand ein Stück eines stark verbrannten Spiralblocks. Vorsichtig öffnete sie die zerbrechlichen, gerissenen Seiten, die vom Feuer so verkohlt waren, dass sie nichts erkennen konnte. Dann stach ihr etwas ins Auge – ein Fragment, das den Flammen entgangen war.

... Juwelier Sh...

Juwelier Shop, nahm sie an – was immer das bedeuten mochte. Sie konnte vage ein paar Zahlen erkennen, eine Spalte mit Ziffern und Pfund-Zeichen. Jemand hatte Geldbeträge addiert. Sie nahm eine kleine Beweismaterialtüte aus ihrer Tasche, ließ den Notizblock hineingleiten und versiegelte die Tüte mit den Fingerspitzen. Dann setzte sie ihre Suche systematisch fort. Eine Menge Papier war hier verbrannt worden, aber es war sonst nichts Rettenswertes zu finden. Aber als sie aufstand, blieb ihr Blick an einem der Sträucher hängen.

Sie stand auf und fasste nach dem Gegenstand, der ihre Aufmerksamkeit auf sich gezogen hatte. Es war eine laminierte Karte, halb verzehrt von den Flammen. Maddie hatte einen Ausweis gefunden, der ihrem eigenen ähnelte.

Das Foto auf der Karte zeigte das Porträt eines Mannes und der Name war noch zu erkennen. Detective Chief Inspector Ian Dowd.

Ihr Magen fuhr Achterbahn und ihr wurde fast schlecht, denn sie kannte den Namen.

DCI Dowd war ein Beamter der Special Branch, der vor ein paar Monaten beinahe einen Großeinsatz des PIC in Essex in den Sand gesetzt hätte.

Billys Mieter hieß angeblich Ian Dale – und jetzt der Ausweis von Ian Dowd. Maddie war sich fast sicher, dass es sich um ein und denselben Mann handelte.

Aber warum war der Ausweis hier? Und was für eine Verbindung bestand zum Mord an Paul Gilmore?

Maddie war hierher gekommen, um Antworten zu finden. Stattdessen hatte sie neue Fragen aufgetan. Aber ihr ging es schon besser, denn sie hatte etwas unternommen, um den Fall voranzubringen. Mit ihren Ergebnissen konnte man bei der PIC gut weiterarbeiten. Sie war zufrieden mit sich selbst.

Siebzehntes Kapitel

Um 15 Uhr sendeten die Nachrichten auf Sky TV eine Außenberichterstattung aus Bermondsey.

Ein gepflegter Mann in hellgrauem Anzug, Reporter Jason Brand, stand vor verlassenen Lagerhallen, die sich auf einem leeren Platz gegenüberlagen. Ein paar Kübel quollen fast über von Müll, ein verschrottetes Auto und zerbrochene Scheiben bildeten die Kulisse, vor der Jason Brand sprach.

»Vor ein paar Stunden ist eine Polizeieinheit in das Lagerhaus, das Sie dort hinten links sehen, eingedrungen.« Er drehte sich halb um und deutete auf die Halle. Die Tore waren verschlossen, aber man konnte ein schwarzes Rechteck erkennen, wo einmal die Tür gewesen sein mochte. »Sie handelte auf Grund von Informationen, die den Verdacht nahe legten, dass die Halle als Drogenlabor genutzt wurde. Aber der Nachrichtendienst der Polizei befand sich eindeutig im Irrtum, denn wie sich herausstellte, wurde die Halle von einem Mann angemietet, der als Shaka Ramses Jones bekannt ist. In den letzten fünf Jahren war Mr Jones der geistige Führer einer religiösen Newage-Gruppierung, die sich selbst ›Kinder von Rialma Veda‹ nennt. Sie hielten gerade eine Messe ab, als eine Anzahl bewaffneter Beamter das Gebäude stürmte und sie mit vorgehaltener Waffe überrumpelte.« Die Kamera zoomte näher an eines der Gebäude heran und schwenkte dann wieder auf den Reporter.

»Einige Verhaftungen wurden vorgenommen, darunter auch die von Mr Jones. Ein Pressesprecher der Polizei ließ verlauten, dass insgesamt dreizehn Personen in die Ermittlungen einbezogen wurden, später aber ohne Anklage aus der Untersuchungshaft entlassen werden konnten. – Der Pressesprecher wollte zum jetzigen Zeitpunkt noch keine Fragen beantworten, die in unmittelbarem Zusammenhang mit den Polizeiaktionen und den Kosten einer solchen missglückten Operation stehen. Uns wurde aber versichert, dass ein umfassender Bericht zu einem späteren Zeitpunkt nachgereicht würde …

Das war Jason Brand mit einem Bericht aus Bermondsey.«

Im Fernsehstudio sprach gerade Zena Omar, eine der Moderatorinnen der 24/7-Nachrichten. Hinter ihrem Rücken war eine Vergrößerung des Wappens der Londoner Polizei direkt neben dem Foto einer Frau mittleren Alters mit intelligenten Gesichtszügen und stechenden Augen abgebildet.

»Margaret Churchill wurde vor ein paar Wochen zur Innenministerin ernannt. Sie trat ihren Dienst mit dem Versprechen an, die Londoner Polizei grundlegend zu überholen und sicherzustellen, dass keine öffentlichen Gelder verschwendet würden. Die Bürger sollten für ihre Steuern einen Gegenwert erhalten, so Margaret Churchill, und Eliteeinheiten wie etwa das sagenumwobene Police Investigation Command sollten transparenter werden«, sagte Zena Omar. »Quellen aus dem Umfeld des Innenministeriums haben angedeutet, dass die aktuellen Netzwerk-Probleme auf ein Virus zurückgeführt werden konnten, das in der Zentrale der geheimnisumwitterten Abteilung in das System eingeschleust wurde. PIC war auch verantwortlich für die teure und fehlgeschlagene Razzia in Bermondsey am frühen Nachmittag, bei der eine harmlose Gruppe britischer Bürger verhaftet wurde.«

Das Computer-Netzwerk des PIC funktionierte endlich wieder und das Team des Geheimdienstes hatte erfolgreich alle Bestandteile von Cobra vernetzen können. Alle Server liefen auf Hochtouren und über 90 Prozent der archivierten Daten waren wieder hergestellt worden. Dennoch war die Stimmung im PIC alles andere als ausgelassen.

Zena Omars Profil war eingefroren auf dem Wandmonitor im Besprechungsraum zu sehen, als Jack Cooper um 15 Uhr 12 die Fernbedienung beiseite legte und sich umdrehte, um seinen Blick über die Anwesenden schweifen zu lassen. Alle verfügbaren Mitarbeiter waren da, denn Cooper hatte kurzfristig eine Krisenbesprechung einberaumt.

Eine seltsame Atmosphäre beherrschte den Raum.

Maddie Cooper beobachtete den Gesichtsausdruck ihres Vaters aufmerksam. Er war ausdruckslos, aber sie kannte ihn gut genug, um zu sehen, dass die Gefühle unter der Oberfläche brodeln mussten. Jack Cooper hasste jede Form von Öffentlichkeit, selbst in guten Zeiten mochte er die Aufmerksamkeit der Medien nicht, da das PIC im Rampenlicht nicht funktionieren konnte. Die öffentliche Aufmerksamkeit in diesem Fall konnte sich als katastrophal erweisen.

Jack Cooper erhob seine Stimme nur zu einem leisen Knurren, aber sie reichte in den letzten Winkel des Raums.

»Ich muss Ihnen nicht erklären, wie ernst die Lage ist.« Er

holte tief Luft. »Ich habe mit der Innenministerin gesprochen. Sie hat per Telefon die einstweilige Suspendierung des gesamten PIC-Teams angeordnet, solange die Untersuchung der fehlgeschlagenen Razzia im Gange ist.«

»Das kann sie nicht tun«, warf jemand erbost ein. »Wir müssen uns wehren können, Sir.«

Jack Coopers Augen blitzten gefährlich. »Die Innenministerin ist ein gewähltes Mitglied des Parlaments, auf ihren Posten gesetzt durch den Premierminister«, bellte er. »Sie ist meine direkte Vorgesetzte und alle Entscheidungen, die diese Abteilung betreffen, liegen letztlich in ihrer Hand.«

Alex hielt es nicht mehr auf seinem Sitz. »Heißt das, dass wir uns geschlagen geben?«, fragte er betroffen. »Sie benutzt uns doch nur als Sündenböcke. Das Einzige, was sie interessiert, ist eine Kostenminimierung.«

»Die Innenministerin ist nicht unser Feind«, betonte Jack Cooper entschieden. »Aber sie hat natürlich das letzte Wort in dieser Angelegenheit.« Er legte die Stirn in Falten. »Noch müssen wir nicht alle unsere Taschen packen und nach Hause gehen, aber wir müssen dennoch den Realitäten ins Auge blicken.«

»Ich versteh das nicht«, unterbrach Danny. »Wir haben ein paar Pleiten hinter uns, aber es ergibt keinen Sinn, den Laden aus diesem Grund dichtzumachen.« Er sah Jack Cooper aufmerksam an. »Da steckt noch was dahinter. Wissen Sie mehr, als wir wissen, Sir?«

Jack Cooper lächelte grimmig. »Ich werde nicht damit anfangen, Ihnen allen zu erzählen, wie viel ich weiß, Danny«, sagte er mit einem Anflug von bissigem Humor. »Aber ich kann Ihnen eines versichern: Es gibt gute Gründe für die Entscheidung der Ministerin. Eine Überprüfung der Abteilung wird gerade in die Wege geleitet, die dazu führen kann, dass die Abteilung für immer geschlossen wird.«

Ein Raunen ging durch den Raum. Das traf viele vollkommen unerwartet. Der Karren steckte tiefer im Dreck, als sie es sich alle vorgestellt hatten.

»Ab sofort ist der Großteil von Ihnen bis auf weiteres bei voller Lohnfortzahlung suspendiert«, fuhr Jack Cooper fort. »Tara hat eine Liste derer erstellt, die weiter in der Zentrale verbleiben. Und noch eine letzte Anmerkung in eigener Sache: Sie können sich darauf verlassen, dass ich gnadenlos kämpfen werde. Das PIC ist zu wichtig, als dass es geschlossen werden darf – die Abteilung muss und wird überleben. Dafür werde ich alle Hebel in Bewegung setzen. Sie können jetzt gehen und nachsehen, wer von Ihnen momentan noch weitermacht.«

Noch vor 17 Uhr waren die Büros der Zentrale wie ausgestorben. Nur eine Notbelegung an Personal war in den Räumen verblieben. Jack Cooper und Tara waren selbstverständlich noch da und Section Head Kevin Randal gehörte zusammen mit Maddie, Danny, Alex und einer kleinen Auswahl an weiteren Mitarbeitern zu den wenigen, die den Laden im Leerlauf aufrecht hielten.

Auf der Tagesordnung stand diesmal nur ein Punkt: Maddies Bericht über ihren Besuch in Apartment B der Hammersmith Grove. Da Maddie eng mit Danny und Alex zusammenarbeitete, hatte sie gebeten, dass ihre Freunde bei der Berichterstattung anwesend sein durften. Jack Cooper hatte nach kurzer Überlegung zugestimmt.

Der Chief Inspector hatte einen Außenstehenden zur Besprechung hinzugebeten; einen hochrangigen Beamten der Special Branch: Detective Superintendent Michael Preston.

Zu seiner Information gab Maddie noch einmal die gesamte Geschichte in einer gerafften Form wieder – von ihrem ersten Treffen mit Paul Gilmore auf der Geburtstagsfeier im Cloud Nine bis zum jetzigen Stand der Dinge.

Detective Superintendent Preston hörte aufmerksam und ruhig zu, machte ab und zu Notizen und verfolgte den Bericht bis zum Ende, bis zu den Funden im Garten von 568 Hammersmith Grove.

Maddie setzte sich, nachdem sie geendet hatte, während Jack Cooper zu seinem Gast von der Special Branch blickte. »Nun, Superintendent – können Sie in irgendeiner Form Licht in die Angelegenheit bringen? Wie ist Detective Chief Inspector Dowds Ausweis dorthin gelangt?«

Er machte eine Pause, um dem Superintendent Gelegenheit zu geben, zu reagieren.

Preston ergriff das Wort. »Ich denke, das kann ich«, bestätigte er Jack Coopers Vermutung. »Aber zunächst möchte ich den Eintrag erläutern, den Agent Cooper in dem Notizblock vorgefunden hat. Ich meine den Hinweis auf den ›Juwelier Shop‹. Es handelt sich dabei um ein Codewort der Special Branch für Drogenlabore, speziell für Speed. Ich vertraue darauf, dass diese Informationen diesen Raum nicht verlassen.« Er machte eine bedeutungsschwangere Pause. »Wir wissen, dass sich die Produktionsstätte irgendwo in London befindet – aber wir hatten bis jetzt noch nicht das Glück, den Ort ausfindig zu machen. Ian Dowd hat mit an dem Fall gearbeitet und er wusste offensichtlich mehr von der Sache, als er in seinen Berichten erwähnt hat.« Er hielt erneut inne, um sich die Aufmerksamkeit aller zu sichern und ließ dann die Bombe platzen.

»DCI Dowd wurde vor zwei Monaten entlassen.«

»Ich gehe davon aus, dass das nach seinem ungeschickten Eingreifen in die Operation Snake Pit war?«, warf Jack Cooper überrascht ein. »Ich wusste nicht, dass er entlassen wurde.«

»Es war eine interne Angelegenheit«, stellte DC Preston klar. »Er ist nicht auf Grund seiner unbefugten Vorgehensweise in Essex gefeuert worden, sondern wegen grober Insubordination.«

Maddie kannte die Details der Operation Snake Pit. In einem Autobahn-Motel in Harlow hatte das PIC ein Gipfeltreffen von britischen Drogenbossen überwacht. Alles war nach Plan verlaufen, die Agents hatten sich zurückgehalten und vorrangig beobachtet, wie sich die Ereignisse entwickelten. Ian Dowd war mit seinem Team mitten in die Operation hineingeplatzt, viele der Gauner waren entwischt und die Operation des PIC wäre beinah gescheitert. Maddie hatte den entsprechenden Bericht gelesen, aber sie war sich sicher, dass nicht erwähnt worden war, was mit Dowd geschehen war.

DC Preston erklärte weiter: »Ian Dowd ist intelligent, er war ein vielversprechender Beamter, aber sehr impulsiv, was in diesem Falle heißt: wenig professionell, sehr von seinen Gefühlen bestimmt.« Er sah Jack Cooper gerade ins Gesicht. »Während der Anhörung im Disziplinarverfahren, als es um seine Aktion in Harlow ging, brachte er sehr deutlich zum Ausdruck, dass er Sie ganz und gar nicht mochte.«

Maddie sah ihren Vater überrascht an. Weitere Enthüllungen, von denen keiner etwas geahnt hatte.

»Er hat sich letztes Jahr bei der PIC beworben«, lichtete Jack Cooper das Geheimnis. »Er ist abgelehnt worden. Ich bekomme jeden Monat einige Dutzend Bewerbungen. Die große Mehrheit wird abgelehnt. Dowd hatte eigentlich keinen Grund, sich herabgesetzt zu fühlen.«

»Trotzdem hat er das wohl«, gab DS Preston zu bedenken. »Und ich glaube außerdem, dass seine Erstürmung des besagten Gipfeltreffens ein misslungener Versuch war, Sie zu beeindrucken und Ihnen zu beweisen, dass Ihre Entscheidung falsch war.«

»Verhaltensweisen wie diese hätten nur meine ursprüngliche Meinung bestätigt«, stellte Jack Cooper trocken fest. »Der Mann war nicht fürs PIC geschaffen.« Er sah DS Preston unverwandt an. »Ich hoffe, dass die Special Branch mir die Bemerkung nicht krumm nimmt.«

»Überhaupt nicht«, beruhigte DC Preston. »Die Arbeit für das PIC erfordert sehr spezielle Fähigkeiten und ich kann Ihnen nur zustimmen – Dowd hatte diese Fähigkeiten mit Sicherheit nicht.«

»Und was ist passiert, als er von Bord ging?«, hakte Danny nach.

»Eine ganze Menge«, antwortete DC Preston. »Nach seiner Entlassung wurde schnell klar, dass Dowd sich selbst bei unseren Ermittlungen mit Drogen bestückt hatte. Unter anderem mit Drogen, die sich als Beweismaterial in unserer Verwahrung befanden.«

Es wurde mucksmäuschenstill im Raum.

»Er hat die Drogen weiterverkauft und dabei nicht nur ein kleines Netzwerk an Dealern, sondern auch ein großes, sehr lukratives Imperium aufgebaut«, fuhr Preston fort. Er zuckte bedauernd die Schultern. »Wir haben Dowd zu lange vertraut und ihn und seine Aktivitäten nicht ausreichend überwacht. Ein Fehler, der sich nicht wiederholen wird.«

»Er muss gewusst haben, dass Sie herausbekommen würden,

dass er Drogen abgesahnt hat«, sagte Alex. »Ich gehe davon aus, dass er die Biege gemacht hat, nachdem er gefeuert wurde?«

DC Preston nickte nur resigniert. »Wir suchen immer noch nach ihm.« Dann sah er Maddie an. »Sie scheinen ihm am nahesten gekommen zu sein. Es klingt ganz so, als ob Sie ihn nur um ein, zwei Tage verpasst hätten. Wir wissen, dass Pit Bull sein Deckname ist, unter dem er in den Drogenhandel eingestiegen ist und unter dem er bei den Straßendealern bekannt war. Der tote Junge – Paul Gilmore – war einer davon.«

»So langsam ergibt sich ein Bild«, sagte Jack Cooper. »Wir haben einen abtrünnigen Ex-Special-Branch-Beamten, der einen Groll auf das PIC und mich persönlich hat. Der Mann kam an große Mengen von Drogen und vermutlich hat er seine Taschen gefüllt, bevor er entlassen wurde. Paul Gilmore stand in Verbindung zu ihm. Ihm wiederum wurde der Auftrag erteilt, meiner Tochter sowohl Drogen als auch Geld unterzuschieben.«

»Wir haben noch mehr Puzzleteile, die zusammenpassen«, warf Danny ein. »Einer meiner besten Informanten füttert mich urplötzlich mit falschen Informationen über einen großen Drogendeal, und Leute, die zuvor äußerst verlässlich waren, schicken uns auf Entenjagd, um schwer bewaffnet ein paar harmlose Hippies auszuheben.«

Alex nickte. »Ich kann Danny nur zustimmen – das alles hängt zusammen«, bestätigte er. »Dowd ist untergegangen und er will uns mit sich ziehen.«

»Aber Dowd ist nicht allein«, gab Maddie zu bedenken. »Eine Frau scheint ihm zu helfen.« Sie blickte zu Tara hinüber. »Die Frau, die uns in der Wohnung in Holloway angegriffen hat, muss wohl dieselbe Frau sein, die Dowd in Hammersmith

Grove besucht hat.« Sie stellte DC Preston die nächste Frage. »War Dowd verheiratet?«

»Nein«, antwortete er. »Aber wir wissen, dass er eine langjährige Beziehung hatte, obwohl keiner seiner Kollegen die Frau jemals zu Gesicht bekommen hat oder irgendetwas über sie wusste. Außer einer Sache: Sie sind sich ziemlich sicher, dass seine Freundin ebenfalls bei der Polizei ist.«

»Bei der Special Branch?«, fragte Kevin Randal nach.

»Ich glaube nicht«, sagte Jack Cooper. »Ich muss Ihnen etwas mitteilen, das diese vier Wände nicht verlassen darf.« Er sah speziell DC Preston an. Der Special-Branch-Beamte nickte kurz zur Einwilligung. »Im Zwischenbericht des IT-Teams des Innenministeriums ist schwarz auf weiß nachzulesen, dass das Virus bewusst in unser System geschleust worden ist – im vollen Wissen über die Konsequenzen.« Er sah in die erstaunten Gesichter um sich herum. »Ich glaube, dass das Virus von einem meiner Leute implantiert worden ist. DC Prestons Bericht – zusammen mit dem, was Maddie uns über ihre Funde in Hammersmith Grove erzählt hat – geben mir Grund zu der Vermutung, dass die Person, die den Computercrash verursacht hat, Dowds Freundin ist.« Er sah sich nach seiner persönlichen Assistentin um. »In diesem Gebäude arbeiten 37 weibliche Agents. Ich habe Tara gebeten, Nachforschungen über jede Einzelne zu veranlassen.«

»Wird Susan Baxendale auch untersucht?«, wollte Kevin Randal wissen.

»Ja, selbstverständlich«, bestätigte Jack Cooper. »Zu diesem Zeitpunkt können wir leider noch nicht einmal Detective Chief Inspector Baxendale vom Verdacht ausschließen. Sie hat sich krank melden lassen – und ist seither unauffindbar.« Seine Augen blitzten. »Diese Frau muss gefunden werden.«

Achtzehntes Kapitel

Bis 17 Uhr 52 waren nur noch sechs Agents in der Zentrale verblieben.

Jack Cooper befand sich zusammen mit Tara im obersten Stockwerk in seinem Büro. Sie versuchten gemeinsam die Scherben zusammenzukehren, die nach dem Desaster in Bermondsey liegen geblieben waren. Kevin Randal besetzte die Schaltzentrale für die Kommunikation und blockte unerwünschte Presseanrufe ab, kanalisierte nach draußen gehende Informationen und behielt alle Aktionen im Auge. Maddie, Danny und Alex kämpften am Computerterminal, um die Adresse des »Juwelier-Shops« in Erfahrung zu bringen.

Die Aufgabe erwies sich als nicht gerade einfach, aber sie hatten bereits Fortschritte zu verzeichnen – denn Danny feuerte aus allen Rohren: Er sprühte nur so vor Ideen, gab komplexe und gebündelte Anfragen ein und manchmal konnten Maddie und Alex seinen Gedankenmustern nur folgen, indem sie gebannt auf seine Fingerspitzen schauten und die Geschwindigkeit bewunderten, mit der diese über die Tasten tanzten.

Danny rief die forensische Analyse der chemischen Bestandteile der Pillen auf. Danach suchte er Hersteller und Produzenten dieser Inhaltsstoffe, indem er in einer ersten Stufe auf das Internet zurückgriff. Er und seine Freunde verfolgten hartnäckig auch die kleinste Spur, erstellten Listen von Chemie-Vertreibern – Importeure wie Exporteure – riefen unzählige Megabytes an Informationen über Transportwege und Zeitplanung ab, über Zahlungsweisen und Lieferungsformen, über den überwachten Transport von Ketonen aus Benzyl-Methyl-Zusammensetzungen bis Phenyl-Nitropropene und darüber hinaus.

Die Ergebnisse wurden eingegeben und danach Querverweise erstellt und ausgewertet. Am schwierigsten waren die Entscheidungen, was wichtig war und was ohne Bedeutung sein könnte. Ein einziger Fehler konnte dabei einen immensen Zeitverlust bedeuten, da sie dann später ihre Suche zurücksetzen und ihre bereits aufgegebene Spur wieder aufnehmen mussten.

Aber nach und nach reduzierte sich der Datenberg merklich. An Stelle von 23 416 Dateien hatten sie ihre Auswertung auf ein paar Hundert reduziert. Dennoch konnten sie immer noch nichts Eindeutiges aus dem Material herauslesen.

Danny lag auf dem Boden, die Arme über dem Gesicht verschränkt, in der Hoffnung, dass ihm diese Art der Konzentration, das Ausblenden der gewohnten Umgebung, neue Anregungen verschaffen würde. Er brauchte Ideen, Ansätze, wie er weiter vorgehen sollte.

Alex ging auf und ab, er kochte innerlich, denn sein Pensum an Frust war eindeutig erreicht. Er schritt das leere Büro ab und schrie Maddie wahllos Vorschläge zu, die ihm in den Sinn kamen. Das war seine Art von Brainstorming.

Maddie saß jetzt am Rechner. Ihr Kopf schmerzte wieder und leere Kaffeebecher aus Plastik standen auf dem Tisch herum. Sie fühlte sich, als ob ihr Gehirn auf Koffeinbasis arbeitete, alles wurde undeutlich. Sie wartete darauf, dass jemand einen Impuls brachte, der ihre Suche voranbringen würde.

Sie sah sich nach Danny um, der Selbstgespräche führte.

»Wir sind so nah dran«, sagte sie. »Was übersehen wir? Was fehlt uns in der Gleichung?«

»Ungefähr zehn Milliarden Gehirnzellen«, scherzte Danny und seufzte, während er sich langsam hochrappelte. »Was haben wir bis jetzt herausgefunden?«

Alex starrte wie hypnotisiert auf den Bildschirm und sagte dann stumpf: »Dreihundertundzweiundsiebzig mögliche Adressen im Stadtgebiet von London.«

»O. k.«, sagte Danny. »Maddie – log dich in das Branchenbuch ein und such heraus, welche der Adressen gelistet sind. Das sollte ein paar eliminieren.«

Die mühsame Suche ging weiter.

Um Punkt fünf nach sieben sah Maddie auf dem Bildschirm und traute ihren Augen kaum.

Danny lehnte leicht über ihre Schulter, um besser zu sehen, und auch Alex stand staunend über sie gebeugt.

Die Querverweise hatten endlich ein Ergebnis gebracht und eine einzige Adresse ausgespuckt: Einheit 17 des Blixa Industriegebiets in Camden Lock, ein Lager.

Alex grabschte sich das Telefon und wählte Jack Coopers Durchwahl.

Tara nahm ab.

»Sag dem Chef, dass wir die Lösung haben«, triumphierte Alex.

Nach einer kurzen Pause erklang Jack Coopers Stimme am anderen Ende des Apparats.

»Sind Sie sich absolut sicher, Alex?«, fragte er.

Alex hielt die Hand über den Hörer und fragte lächelnd in die

Runde: »Er will wissen, ob wir zu hundert Prozent sicher sind.«

Danny grinste ihn an, die zermürbende Arbeit, der langwierige Prozess waren vergessen – die Euphorie über den Erfolg beflügelte ihn. »Sag ihm, mindestens einhundertundzehn Prozent!«, bestätigte er voll Stolz.

Immer noch blickte Maddie mit von den Anstrengungen der letzten Stunden getrübten Augen wie gebannt auf den Bildschirm. »Und jetzt?«, murmelte sie.

Danny öffnete seine Tüte M&Ms zum Feiern. »Jetzt«, sagte er voll Vorfreude, »jetzt heben wir den Laden aus.«

Jack Cooper hatte eine kleine Anzahl von PIC-Beamten zurückgerufen. Um zehn Uhr abends waren zehn erfahrene Außendienstmitarbeiter und darüber hinaus DCI Randal, Maddie, Danny und Alex in seinem Büro versammelt.

In Jack Coopers Rücken prangte das imposante Panorama von London bei Nacht. Tara stand neben ihm und tief drunten pulsierte die Stadt, bewegten sich Punkte aus weißem Licht und bildeten ständig wechselnde Muster.

»Wenn dieser Einsatz erfolgreich verläuft«, betonte Jack Cooper, »besteht die Chance, dass das PIC überlebt. Wenn wir versagen, wird die Abteilung geschlossen. Es gibt keine Fehlversuche. Ihr seid meine besten Leute. Geht da raus und macht alles richtig!«

»Und wenn wir nicht ...?«, murmelte Danny atemlos.

»Dann sehen wir uns nach neuen Jobs um«, kam Alex' gedämpfte Antwort.

Die Spannung war fast unerträglich, denn jeder wusste genau, was auf dem Spiel stand. Die Innenministerin hatte Jack Cooper inzwischen angewiesen, den Laden zu schließen. Er hatte nicht mehr die geringste Befugnis, diesen Einsatz anzuordnen.

»Alles klar«, setzte Jack Cooper sein Briefing fort. »Wir werden noch einmal alle Details durchsprechen und dann sind wir hier fertig.«

Die Mobile Überwachungseinheit war ein paar Querstraßen von dem Industriegebiet in Camden Lock geparkt. Um kurz nach 23 Uhr war Alex allein losgezogen – ausgestattet mit PV5 Nachtsichtgläsern, einer QWIP-Infrarot-Kamera und einem Halsmikrofon. Kevin Randal hatte sich neben Danny gezwängt, der hintere Teil des Transporters bot nicht viel Platz, da er voll gestopft mit hochmoderner Technologie war. Die zwei beobachteten gespannt, was ihnen von der Infrarot-Kamera übermittelt wurde.

Das Industriegebiet bestand aus einer Reihe von modernen Lagereinheiten, die an die Eisenbahngleise grenzten. Es war keine ungewöhnliche Aktivität auszumachen. Alex schwenkte die Kamera, um den zwei Beobachtern in der Mobilen Überwachungseinheit einen kompletten Überblick über die Lage zu verschaffen. Asphaltierte Zugangsstraßen, offene Vorplätze. Nicht gerade viele Möglichkeiten, um sich unbemerkt anzupirschen.

Alex schlüpfte zwischen zwei der Lagereinheiten und machte sich auf den Weg zur Rückseite.

Er blieb nahe am Boden und bewegte sich vorsichtig vorwärts, um keine Aufmerksamkeit auf sich zu lenken.

»Geh nicht zu nah ran, Alex«, befahl Randal über sein Mikro.

»Alles cool«, sagte Alex. Das wackelige Bild auf dem Monitor zeigte, dass er sich Lager 17 näherte.

»Kannst du irgendein Lebenszeichen entdecken?«, fragte Danny.

»Von hier aus nicht.«

»Lassen Sie es nicht darauf ankommen«, stellte Randal klar. »Wir wollen die nicht aufscheuchen.«

Alex bewegte sich behände auf der Rückseite der Lagereinheiten voran. »Da dringt Licht aus einem Fenster von Lager 17«, berichtete er leise.

Das Infrarotbild schwenkte um eine Ecke und Helligkeit flutete über den Monitor, das von den lichtempfindlichen Detektoren der Kamera verstärkt wurde.

»Da legt jemand Nachtschichten ein«, murmelte Danny. »Pass auf dich auf, Alex.«

»Verstanden.«

Die beständige Bewegung der Kamera fing zwei Autos ein, die neben dem Lager abgestellt waren.

»Näher kann ich nicht ran«, gab Alex durch. »Es sei denn, ihr wollt, dass ich ›Hallo‹ sage.«

»Ziehen Sie sich zurück«, sagte Kevin Randal. »Ich stell das Team zusammen.«

Er verließ den Transporter und sammelte die Agents um sich, um ihnen Instruktionen zu erteilen und sie auf den neuesten Stand zu bringen.

Nur wenige Sekunden später war auch Alex zur Stelle.

»Wir gehen rein«, sagte Randal knapp. »Machen wir's diesmal perfekt!«

Jack Cooper saß allein an seinem Schreibtisch, während Tara im Stockwerk darunter das Kommunikationsnetzwerk betreute. Die Einsamkeit kam ganz seiner Laune entgegen.

In Zeiten wie diesen lastete seine Behinderung schwerer auf ihm als sonst. Ohne den Rollstuhl wäre er mit den anderen an vorderster Front und würde den Einsatz leiten, statt hier tatenlos zu sitzen und auf die Neuigkeiten zu warten.

Das Hauptlicht war ausgeschaltet und er arbeitete im Kegel einer Halogenlampe, die auf seinem Tisch stand, las Dokumente ein weiteres Mal, machte sich Randnotizen. Er beschäftigte sich, um nicht vor sich hin zu brüten. Gedämpft hörte er die Geräusche der Straße, das Brummen der Busse auf der Charing Cross Road, manchmal ein seltenes Hupen. Der Straßenverkehr, der weit unten dröhnte, betonte die unnatürliche Stille noch.

Jack Cooper war sich nur zu bewusst, was für ein Risiko er eingegangen war. Er hatte den Einsatz in Camden Lock freigegeben, ohne sich die offizielle Genehmigung einzuholen. Wenn etwas schief gehen sollte, wäre seine Karriere endgültig beendet.

Der Gedanke daran brach Jack Coopers Konzentration und er rollte an das ausladende Fenster und blickte über die Stadt. Er sah auf das leuchtende Rad des London Eye und dann auf seine Uhr. Kevin Randal würde ungefähr zu diesem Zeitpunkt seine Männer in die Schlacht führen, hoffte Cooper.

Er drehte sich halb um, als er ein Geräusch hinter sich wahrnahm. Aus den Augenwinkeln sah er gerade noch etwas Schwarzes auf seinen Kopf zudonnern.

Ein Schmerz, der ihm die Sicht nahm, explodierte in seinem Kopf und er wurde ohnmächtig.

Neunzehntes Kapitel

Kevin Randal teilte sein Team in zwei Gruppen auf. Fünf Agents sollten sich Eintritt durch die Vordertür verschaffen, fünf weitere sollten gleichzeitig die Rückseite sichern und von dort vorstoßen. Die zwei verbleibenden Agents, darunter auch Maddie, sollten Wache stehen, um jede Bewegung zu melden.

Maddie kauerte allein im Dunkeln auf der abgelegenen Seite der Straße. Geschützt durch eine niedrige Backsteinmauer behielt sie die Straße im Auge und verfolgte über ihr Headset, wie das Angriffteam sich anpirschte und in Position ging. Ihre Befehle lauteten, alles durchzugeben: jedes Auto, jeden Fußgänger, jede einzelne Bewegung.

Sie starrte konzentriert in die Dunkelheit zwischen den Straßenlampen, beobachtete Schatten, war in höchster Alarmbereitschaft, als etwas ihre Aufmerksamkeit fesselte.

Ein Spalt zwischen zwei Mauern zu ihrer Linken war ihr aufgefallen. Der Eingang in eine schmale Gasse oder ein Torbogen, der in tiefem Schatten lag, aber keine harten Kanten hatte, sondern unebene Konturen aufwies.

Maddie strengte die Augen an, während ihr Herz heftig schlug. Sie war sich nicht absolut sicher, aber es sah fast so aus, als ob etwas sich gegen die Wand dort drüben drückte.

Über ihr Headset hörte sie, wie Randal den Befehl gab, loszuschlagen.

150

Es blieb ihr keine Zeit, ihre vagen Vermutungen weiterzugeben, sie musste zuerst Gewissheit haben.

Maddie verließ ihren Posten und rannte gebückt und leise die Straße entlang. Immer in der Deckung der niedrigen Mauer, näherte sie sich unaufhaltsam dem dunklen Spalt.

Ein paar Meter davor stoppte sie und schaltete ihr Headset aus, während sie aufmerksam nach Geräuschen horchte. Für Augenblicke war nichts zu hören, doch dann erklang eine sanfte, spottende Stimme, nicht mehr als ein leises Wispern in der Nacht.

»Hallo, Maddie.«

Ihr Herz pochte, als sie aus der Deckung trat. »Wer ist da?«, fragte sie. »Komm raus, damit ich dich sehen kann.«

Eine Gestalt glitt lautlos aus der schwarzen Gasse und Maddie nahm den Geruch von vertrautem Parfüm wahr.

Sie starrte die lächelnde Frau an. »Tara?« Verwirrung machte sich breit. »Warum bist du nicht bei meinem Vater?«

Das Lächeln verschwand aus Taras Gesicht, als sie sich im Bruchteil einer Sekunde auf Maddie stürzte und einen Handkantenschlag gegen Maddie führte. Maddie versuchte noch, den Schlag abzuwehren, aber sie ging in die Knie und Tara war sofort über ihr.

Sie hob erneut den Arm und ihre Hand schnitt treffsicher wie eine Sense durch die Luft, um einen tödlichen Karateschlag akkurat gegen Maddies Hals auszuführen.

Jack Cooper wachte auf. Er lag auf dem Boden in seinem Büro, sein Rollstuhl umgekippt neben ihm, und war wie benommen vor Schmerz.

Er war nicht allein, jemand hielt ihn im Arm und führte ein Glas an seine Lippen.

»Trink«, sagte eine Stimme beruhigend.

Er fühlte die kalte Kante gegen seine Lippen gepresst und trank dankbar. Es war Wasser ... vage wurde sich Jack Cooper eines seltsamen Nachgeschmacks bewusst. »Genau so ist's gut«, sagte die Stimme. »Nur noch ein kleines bisschen.« Er trank weiter, als das Glas angehoben wurde, um ihm das Trinken zu erleichtern. Dann musste er husten und Wasser lief ihm aus dem Mundwinkel.

»Alles in Ordnung«, lullte die Stimme ihn ein.

Seine Sicht begann sich zu klären und er kämpfte, um hochzukommen.

»Du bleibst jetzt erst einmal hier liegen«, fuhr die Stimme fort, als Jack Cooper aufsah. Ein Gesicht hing knapp über dem seinen, verschwommen und schemenhaft. Er konzentrierte sich, blinzelte einmal und das Gesicht nahm Konturen an.

Cooper erkannte den Mann sofort: Es war Ian Dowd, lächelnd zwar, aber mit starren, geweiteten Augen.

»Hoffentlich nicht zu schwer verletzt?«, fragte Dowd tonlos. Er hievte Jack Cooper hoch und setzte ihn gegen die Wand. Jack Cooper beobachtete ihn still, während er versuchte, die Situation einzuschätzen.

Dowd drehte Jack Coopers Rollstuhl wieder richtig herum und rollte ihn zum Schreibtisch, um selbst darin Platz zu nehmen; er machte sich am Rechner zu schaffen. Cooper sah, dass er eine Internetseite öffnete.

»Na, wie fühlt sich das so an, der große Jack Cooper zu sein«, wollte Dowd provokativ wissen. »Gebieter über das Police Investigation Command. Herrscher über alle, die er begutachtet.« Seine Stimme war sanft, aber unverkennbar drohend.

»Sie hätten mir den Job geben sollen. Das war alles, was ich wollte.«

Cooper versuchte, sich selbst hochzustemmen.

»Bewegen Sie sich nicht«, befal Dowd und zog eine Pistole aus seiner Manteltasche, die er auf Cooper richtete. »Ich hab sie mitgehen lassen, als sie mich bei der Special Branch gefeuert haben«, lächelte er sarkastisch. Er zuckte die Achseln, merklich irritiert. »Warum dieses schmollende Schweigen? Sterben Sie nicht vor Neugier, warum ich hier bin?«

Jack Cooper starrte ihn unbewegt an.

Dowd konnte den Augenkontakt nicht lange halten und wandte hohl lachend den Blick ab. »Ich hoffe, Sie genießen den Drink so richtig«, sagte er. »Er enthält eine Menge aufgelöster Gems. Mehr als vom Hersteller empfohlen, fürchte ich. Aber ich möchte Sie nicht erschießen, bevor sie wirken – also verhalten Sie sich ruhig und üben Sie sich in Geduld. Ich muss hier noch wichtige Dinge erledigen, während wir warten.«

Cooper sagte nichts, versuchte aber Dowds Geisteszustand einzuschätzen. War er wütend? Aufgeregt? Verrückt?

»Wie – keine Fragen?«, meinte Dowd. Er klang enttäuscht. »Na schön, dann lasse ich Sie trotzdem wissen, was ich ausgeheckt habe. Das ist schließlich nur fair und Sie werden es zu schätzen wissen, da bin ich mir sicher.«

Er öffnete das E-Mail-Programm. »Zeit, ans Werk zu gehen«, führte er seinen Monolog fort.

Seine Stimme klang dabei unnatürlich ruhig.

Dowd legte eine neue E-Mail an und gab als Adressfeld ›Innenministerin‹ ein. Dann bewegte er den Kursor nach unten in das Feld für die eigentliche Nachricht und sah sich nach Cooper um.

»Können Sie alles gut sehen von da unten?«, wollte er von

Cooper wissen. »Ich möchte auf keinen Fall, dass Sie etwas Wichtiges verpassen.«

Dowd gab ein:

Sehr geehrte Frau Minister,

ich habe über die letzten Monate systematisch Gelder meiner Abteilung hinterzogen. Keiner meiner Mitarbeiter war beteiligt und ich übernehme die volle Verantwortung für meine illegalen Aktivitäten.

Dowd drehte seinen Kopf und grinste wieder. »Und wie gefällt Ihnen das bisher?«

Meine kriminellen Machenschaften haben die Sicherheitsvorkehrungen dieser Abteilung für alle Zeiten bloßgestellt und ich schlage deshalb vor, dass das PIC mit sofortiger Wirkung aufgelöst wird.

Dowd drehte sich erneut um. Er konnte es einfach nicht lassen, auf eine Reaktion von Jack Cooper zu spekulieren – er wollte den »Wolf« am Boden sehen. »Und nun kommen wir zu besten Teil.« Hass flackerte für Sekunden über sein Gesicht. »Der große Abschied.«

Ich bedaure, aber ich kann mit der Schmach meiner Handlungsweise nicht weiterleben.

Detective Chief Superintendent Jack Cooper.

Als Dowd seinen Namen tippte, merkte Jack Cooper die einsetzende Wirkung der Drogen. Der Raum schien zu pulsieren, größer zu werden und sich dann wieder zusammenzuziehen. Linien und Winkel verschwammen und schmolzen vor seinen Augen und die Buchstaben auf dem Bildschirm tanzten schwarz und ergaben keinen Sinn.

Er stürzte nach vorn und versuchte mit der ihm zur Verfügung stehenden Kraft seines Oberkörpers Dowd aus dem Stuhl zu hebeln.

Dowd drehte den Rollstuhl geschickt und trat Jack Cooper frontal gegen die Brust, Cooper wurde gegen die Wand zurückgeschleudert.

»Bleiben Sie gefälligst sitzen und benehmen Sie sich«, drohte Dowd und seine nach außen zur Schau getragene Ruhe zeigte erstmals Risse – Wut und bitterer Hass verzerrten sein Gesicht zu einer hässlichen Maske. »Haben Sie wirklich gedacht, wir lassen Sie zur Wahrheit darüber vordringen, wer das Geld hier abgezockt hat«, spuckte er aus.

Jack Cooper schnappte nach Luft.

Dowds Gesicht war unmenschlich verzerrt und veränderte sich ständig vor ihm – ein schrecklicher Albtraum. Cooper versuchte vergebens, die Wirkung der Drogen zurückzudrängen. Er füllte seine Lungen, um in einem letzten Anlauf »Tara!« zu rufen. Seine Haut kribbelte und sein Gesicht war schweißgebadet.

»Sie ist nicht da«, zischte Dowd. »Nicht dass es Ihnen helfen würde, wenn sie hier wäre.« Er kam näher. »Haben Sie es immer noch nicht begriffen?«, fragte er hämisch. »Tara hat das Geld genommen, es direkt unter ihrer Nase abgezweigt.«

Cooper verbrauchte seine letzte Kraft in einem verzweifelten Versuch, Dowd zu Boden zu reißen, aber er schaffte es nicht. Dowd presste den Absatz seines Schuhs schmerzhaft auf Coopers Brust.

»Fühlen Sie sich nicht gut?«, fragte er. »Das ist das Ergebnis einer Überdosis an kleinen Pillen.« Er grinste. »Nicht dass Sie sich großartig Gedanken über langfristige Folgen machen müssten. Bevor die Drogen Sie umbringen, werden Sie bereits Hackfleisch sein.«

Er drehte sich wieder zum Schreibtisch und nahm die Maus, um mit dem Cursor auf »Senden« zu gehen. Er klickte kurz.

Die E-Mail an die Innenministerin war auf dem Weg und verschwand aus dem Postausgang.

Dowd lachte trocken.

Cooper versuchte zu sprechen, aber seine Zunge fühlte sich geschwollen an und lag ihm schwer im Mund. Hilflos sah er zu, wie Dowd aufstand und um den Tisch herumging. Er bückte sich und wuchtete einen schweren Gegenstand auf die Tischplatte, eine Sporttasche, wie Jack Cooper noch erkannte. Dowd öffnete sie mit unbewegtem Gesicht. Er hob eine schwarze Schachtel heraus und platzierte sie unter Coopers Platz, dann legte er einen Hebel an der Konstruktion um und ein kleines rotes Licht leuchtete auf. Es blinkte in kurzen Abständen.

Dowd erhob sich, umrundete den Schreibtisch und kam auf Jack Cooper zu. Dann kniete er nieder und hob Coopers Kinn, hielt seinen schwankenden Kopf vorsichtig, sodass er ihm direkt in die Augen sehen konnte.

»Immer noch anwesend, Chief Superintendent?«, schnauzte er. »Das hoffe ich jedenfalls, denn ich möchte unbedingt, dass Sie das mitbekommen.«

Jack Cooper versuchte erneut zu sprechen, aber seine Worte waren nur ein Stammeln. »Prima. Sie sind noch ansprechbar«, stellte Dowd befriedigt fest. »Hören Sie gut zu. Ich will Ihnen sagen, wo Tara gerade ist. Sie ist in Camden. Hören Sie mir zu? Sie ist sicher sehr beschäftigt im Moment. Ich habe sie nämlich auf eine besondere Mission geschickt ...« Er ließ den Kopf seines Opfers auf den Boden knallen. »Ich möchte, dass das das Letzte ist, an was Sie sich erinnern können, bevor Sie sterben, Cooper – mein großartiger, wundervoller, rothaariger Schatz wird ihre Tochter töten.«

Zwanzigstes Kapitel

Maddie wehrte den Schlag instinktiv mit ihrem Arm ab und blockte so die volle Kraft von Taras Handkante. Ihr Gesicht spiegelte lebhaft den Zorn darüber wider und Maddie war klar, dass sie blitzartig handeln musste, um aus dieser Situation heil herauszukommen.

Tara führte einen Hammerfaustschlag gegen Maddies Gesicht. Dabei gelang es Maddie, Tara am Kragen zu packen und zu sich zu zerren. Tara kam aus dem Gleichgewicht.

Taras Gewicht lastete nicht mehr auf ihr, behände drehte Maddie sich um und säbelte mit ihren Beine Taras Arme nach hinten, sodass ihre Gegnerin hart aufs Gesicht fiel. Maddie sprang auf und warf sich brutal auf Taras Rücken, um sie zu fixieren. Sie griff nach ihrem Bein und versuchte einen Winkelschluss.

Aber Tara war zu schnell, sie entglitt Maddies Griff und sprang wieder auf die Füße.

Maddie stolperte hoch und baute sich dann breitbeinig auf, um den bestmöglichen Stand zu erzielen, und wartete auf den Angriff.

Tara duckte sich und rammte Maddie mit ungebremster Wucht ihre Schulter in den Bauch, schlang die Arme um ihre Hüfte und versuchte, sie aus dem Gleichgewicht zu bringen.

Als sie fiel, hakte Maddie ihren Arm unter Tara ein und drehte sich rasant, sodass Tara krachend mit ihr zu Boden ging. Maddie behielt die Oberhand, schnell setzte sie ihr Bein über die Besiegte und lehnte sich zurück, um den Druck auf sie zu verstärken. Eine innere Stimme warnte sie, dass der Griff, in dem sie Tara hatte, ihr mühelos das Genick brechen konnte.

Tara nutzte Maddies Zögern gnadenlos aus und befreite sich keuchend und wutentbrannt aus der Klammer.

Beide traten zurück, um sich dann ungebremst aufeinander zu stürzen. Maddie wusste kaum, wie ihr geschah, als Tara eine Serie von Fußstößen und Hand- und Faustschlägen auf sie niederprasseln ließ; sie wehrte sie nur instinktiv ab. Doch unter der Wucht der Angriffe musste sie nach und nach zurückweichen.

Maddie drehte sich um ihre Achse und setzte gezielt einen Kick hoch an, sodass Tara taumelte. Sie setzte direkt nach und versuchte, einen beidbeinigen Tobi-Geri zu landen, nur um Tara außer Gefecht zu setzen. Sie verstand immer noch nicht, warum sie überhaupt angegriffen wurde. Sie umklammerte Taras Beine, stellte sich fest auf den Boden und wuchtete Tara nach hinten.

Tara griff nach und schloss Maddie in einen Würgegriff. Ihr Arm legte sich um Maddies Hals und ihre Hände griffen zu, um die Klammer zusammenzuhalten.

Maddie fühlte, wie der Arm gegen ihre Luftröhre drückte und sie ernsthaft in Gefahr war, aber sie konnte nichts mehr tun. Tara lehnte sich zurück und Maddie sackte hilflos zusammen, während Tara ihre Beine um Maddie schlang, um sie an Ort und Stelle festzuhalten.

Ihr Arm schloss sich fester um Maddies Hals und würgte sie, Maddie wurde es dunkel vor den Augen, sie verlor die Orientierung. Schwarze Blitze verzerrten ihr Sichtfeld, langsam verlor sie das Bewusstsein.

Tara wechselte ihre Stellung und zwang Maddie zu Boden, während sie sie wie in einem Schraubstock hielt. Dann flüsterte sie ihr scharf und atemlos ins Ohr: »Keine Angst, Maddie. Ich werde es kurz und schmerzlos machen. Du wirst nicht leiden wie dein Vater.« Ein Funken von Klarheit erwachte in Maddie, ihr Hirn rotierte.

»Zuerst wird er verrückt, dann verbrennt er. Was glaubst du? Zahlt er damit zurück, dass er Ians Leben ruiniert hat?«

Mit der aufsteigenden Wut strömte Maddie ein Teil ihrer Kraft zurück. Tara hatte den Fehler gemacht, zu triumphieren, bevor sie ihren Job beendet hatte.

Mit letzter Anstrengung und unter Aufbietung ihres ganzen Willens zwang Maddie die Hände ihrer Gegnerin auseinander und dehnte sie nach hinten über das Gelenk, immer weiter, so dass Tara vor Schmerz aufschrie. Der Druck auf Maddies Hals war weg und sie konnte wieder atmen. Sie wand sich frei, rang um ihr Gleichgewicht und hielt Tara auf dem Boden. Kein Mitgefühl mehr, schwor sich Maddie. Sie musste das jetzt zu Ende bringen, bevor sie an ihren Vater denken konnte.

Maddie sammelte sich für Sekundenbruchteile, ließ dann Taras Hand los und drehte sich blitzschnell um die eigene Achse, um einen vernichtenden Halbkreis-Fußtritt auszuführen: ein perfekter Mawashi-Geri.

Taras Kopf schoss zurück und sie brach zusammen.

Maddie stand keuchend über ihr und kämpfte das übermächtige Gefühl zurück, die zusammengesackte Frau weiter mit Fußtritten zu traktieren.

Wenn sie diesen Gefühlen nachgab, war sie keinen Deut besser als ihre Feindin.

Sie hob den Kopf, starrte in den Nachthimmel und sog dankbar die so lebensnotwendige Luft ein.

Dann kniete sie nieder und fühlte an Taras Hals nach ihrem Puls, der hart und unregelmäßig kam. Sie drehte Tara auf die Seite und sah das Blut an der Stelle, wo sie mit dem Kopf aufgeschlagen war.

Maddie stand auf, sie schwankte, fühlte sich schwindlig.

Ihr Headset war während des Kampfes zu Bruch gegangen, deshalb stolperte sie die Straße entlang auf die Lagereinheiten zu.

Die Razzia war erfolgreich verlaufen. Die Beamten des PIC hatten das Labor für die rosaroten Gems auf Hochtouren arbeitend vorgefunden. Die Drogenhersteller traf es unvorbereitet und die überrumpelten Arbeiter hatten innerhalb der ersten fünfzehn Sekunden aufgegeben.

Als Maddie auf das Lager 17 zurannte, wurden bereits die ersten Leute in Handschellen mit gesenkten Köpfen und schlurfend nach draußen geführt.

Maddie wischte sich mit dem Ärmel über die Augen und versuchte, ihre Gedanken zu sammeln. Sie sah Alex in der Nähe der Türen, wie er die Verhafteten zusammentrieb, und torkelte beinahe über ihn.

Er griff sicher nach ihr, seine Augen blitzten voll Sorge. »Was ist?«

Die Worte sprudelten aus ihr heraus: »... Tara ... liegt ... dort hinten – und mein Vater ist in Gefahr – in der Zentrale – wir dürfen keine Zeit verlieren. Ich muss zu ihm ...«

»Bleib hier«, beruhigte er sie. »Ich kümmere mich drum.«

»Nein!« Maddie fasste ihn am Arm, als er sich von ihr freimachen wollte. »Ich werde mitkommen.«

Alex sah sie kurz an und nickte schließlich.

Sie rannten Seite an Seite zu seiner abgestellten Ducati. Er riss die Helme aus den Seitenboxen und half ihr nach dem Aufsetzen, den Gurt festzuzurren.

Sie stieg hinter ihm auf die Maschine und hielt sich an ihm fest, als er startete. Augenblicke später heizten sie die Camden High Street hinunter in Richtung Centrepoint.

Ian Dowd überquerte den Vorplatz des Centrepoints. St Giles Circus strotzte nur so vor Leben, denn hier stand die Uhr nach Mitternacht noch lange nicht still. Autos und Taxis fuhren und Fußgänger schoben sich einzeln oder in lachenden Gruppen auf dem Bürgersteig vorbei. Neonschilder und Ladenbeleuchtungen leuchteten hell.

Dowd hielt die Sporttasche fest umklammert, als er zu seinem Auto lief. Sie war nun fast leer, er war fleißig gewesen. Er drückte auf die Entriegelung, als er vor seinem Auto stand und die Lichter blinkten dreimal auf.

Dowd öffnete die Tür und stieg ein.

Dann entspannte er sich und genoss für Augenblicke den Rückblick auf die Ereignisse der letzten halben Stunde.

Süße Rache, das Gefühl war überwältigend. Dowd war euphorisch.

Er zog eine Zündauslösevorrichtung aus der Sporttasche, eine kleine schwarze Box, die in seine Handflächen passte. Danach justierte er die Regler auf der Box, bis mit der letzten Einstellung ein rotes Lämpchen anging. Der Mechanismus war eingestellt, alles fertig zur Zündung. Dowd schnalzte zufrieden mit der Zunge.

Er beugte sich zur Seite und sah den gigantischen weißen Turm des Centrepoints hoch. Während sich ein Lächeln über sein Gesicht breitete, drückte er den roten Knopf.

Eine schwarze Box ruhte auf dem Tisch im Besprechungsraum, das rote Lämpchen darauf blinkte regelmäßig. Ein kaum merkliches Klicken ertönte und Rauch stieg auf. Ein paar Sekunden verstrichen und ein dunkler Fleck wurde um die Box sichtbar – ein flüssiger Brandbeschleuniger, der das Feuer anheizen und verstärken sollte. Der Rauch wurde dichter und plötzlich loderten rote Flammen in der Dunkelheit. Die Flammen griffen um sich und brannten heftiger.

Eine zweite Box zündete in der Kantine des PIC und Spiralen von Rauch stiegen auf und erleuchteten den dunklen Raum mit lodernden Feuerzungen. Spuren von Brandbeschleuniger liefen über den Boden und die Flammen folgten rasend schnell.

Eine weitere Box lag im Treppenhaus, am Eingang des obersten Stockwerkes. Die Flammen schwärzten die Türen, als sie sich ausbreiteten. Schnell stand die Etage lichterloh in Flammen. Das Feuer raste mit ungehemmter Kraft.

Ein kleiner Abstellraum in der untersten Etage des Turms gab den Blick frei auf die Wartungsklappe, hinter der sich das Innenleben des Sicherheitssystems befand. Die Kabel waren gekappt und die Wasserzufuhr der Sprinkleranlage war abgedreht.

Ian Dowd war fleißig gewesen.

Jack Cooper saß mit dem Rücken zur Wand. Der Rechner war immer noch angeschaltet und der Bildschirmschoner zeigte eine endlose Folge von Sternen, die kamen und gingen. Er starrte sie mit einer aberwitzigen Konzentration an, so, als ob sie ihn zur Besinnung bringen könnten. Seine Augen traten hervor und Schweiß rann ihm aus allen Poren.

Er hatte keinen blassen Schimmer, wo er sich befand, geschweige denn, was hier vorging. Alles, worauf er sich konzentrieren konnte, waren die sich immer weiter bewegenden Lichter auf dem Bildschirm. Es kam ihm so vor, als ständen die Sterne still und er und sein Büro rasten kopfüber vorwärts, stürzten endlos durch den Raum.

Ein grauer Fleck schwebte zwischen ihm und den Sternen und ein ätzender Geruch machte sich breit. Er sammelte all seine Kraft und schaffte es, seinen Kopf nach vorn zu beugen, so dass seine Augen unter den Schreibtisch starrten. Er sah den Tanz der roten Flammen, die den dunklen, rankenartigen Flächen des Brandbeschleunigers folgten und sich ausbreiteten. Eine dünne Zunge reichte bis zu ihm.

Bei ihrem Anblick traf ihn ein Funke Erkenntnis – und plötzlich sah er das Bild seiner Tochter vor seinem inneren Auge, so als riefe sie nach ihm und gäbe ihm ein Zeichen.

Er rang um Worte. »Maddie«, flüsterte er schließlich mühsam.

Er schwitzte unter der Anstrengung, seinen Körper wieder unter Kontrolle zu bekommen und schleppte sich schließlich Zentimeter für Zentimeter aus der Reichweite der Flammen. Seine Beine schlenkerten hilflos auf dem Boden hinter ihm her, während er vorwärts robbte. Zur Tür.

Der Raum um ihn herum drehte sich immer schneller. Die Flammen leckten nach ihm, ihr Knistern und Prasseln war ohrenbetäubend und ihr Gestank stach in der Nase und in der Kehle. Das Feuer blendete Jack Cooper.

Er hatte die Tür fast erreicht und versuchte nun, den Türgriff zu erreichen. Seine Finger streckten sich, doch die Klinke schien sich zu entfernen.

Mit einem gequälten Keuchen fiel Jack Cooper auf sein Gesicht und blieb bewegungslos liegen.

Er erhaschte einen letzten Blick auf Maddie, wie sie ihm zum Abschied zuwinkte, bevor ihr Schatten in der Dunkelheit verschwand.

Einundzwanzigstes Kapitel

Die silberne Ducati heizte in Gegenrichtung die Tottenham Court Road hinunter und schnitt eine gefährliche Schneise in den regulären nächtlichen Verkehr. Alex gab Vollgas und schlängelte sich gekonnt durch die Straßen.

Der schmale weiße Block des Centrepoints tauchte vor ihnen auf und Alex fühlte, wie Maddie ihren Griff verstärkte. Er hörte, wie sie ihm etwas zurief, verstand es aber nicht, da die Geschwindigkeit ihre Worte davonwehte.

Alex' Augen verengten sich zu Schlitzen, als er auf den St Giles Circus zufuhr. Die Ampel wechselte gerade und er gab Gas, um über die Kreuzung zu schießen. Dann verlangsamte er, um nicht mit voller Wucht mit dem Vorderrad auf den Bordstein zu brettern und hielt auf dem Vorplatz des Gebäudes an. Maddie kletterte in Windeseile von ihrem Sitz und rannte zum Haupteingang des Turms. Alex zog seinen Helm ab und folgte ihr, aber dann blieb sein Blick an etwas hängen.

Ein Auto parkte, zwei Reifen auf dem Bürgersteig, im Windschatten des Hochhauses; hinter dem Steuer saß ein Mann. Alex ging ein paar Schritte auf das Auto zu, sein Instinkt gebot ihm, auf der Hut zu sein.

Der Mann sah mit glänzenden Augen auf.

Alex erkannte ihn sofort. »Dowd«, presste er hervor

Die Rücklichter des Autos gingen aus und der Motor startete durch. Sekunden später raste der Wagen direkt auf Alex zu.

Er sprang zur Seite, aber die Stoßdämpfer erwischten ihn am Absatz, als das Auto vorbeischoss. Alex rollte sicher ab und war schnell wieder auf den Füßen.

Das Auto verließ den Bürgersteig und schoss auf die Straße, es wendete scharf mit kreischenden Bremsen und fuhr dann die New Oxford Street hinunter.

Alex hechtete zu seinem Motorrad, sprang auf und trat den Kickstarter, um die Verfolgung aufzunehmen.

Dowd würde ihm nicht so leicht entwischen.

Maddie rannte in das Gebäude und sah sofort, dass der Sicherheitsbeamte nicht an seinem Platz war. Das war kein gutes Zeichen, aber sie ließ sich nicht aufhalten und lief durch den Sicherheitsbogen. Eine Gestalt lag zusammengesunken hinter der Empfangstheke – der Nachtwächter war gefesselt und geknebelt.

Maddie befreite ihn als Erstes von seinem Knebel. »Ich bin von hinten angesprungen worden – aber er ist schon wieder draußen«, berichtete der Mann, während sie auch die Stricke von seinen Hand- und Fußgelenken löste.

»Ist in Ordnung. Ich weiß, wer das war«, sagte sie. »Rufen Sie den Notarzt, schnell. Ich glaube, meinem Vater ist etwas passiert.«

Sie half dem Mann auf die Beine. »Sind Sie in Ordnung?«, fragte sie.

Er nickte nur. »Ich komme mit Ihnen rauf.«

»Nein, holen Sie Hilfe.« Maddie flitzte zu den Aufzügen und hämmerte mit den Fäusten auf alle Knöpfe. Vor Erleichterung atmete sie tief aus, als ein Türpaar sich vor ihr öffnete.

Sie drückte den Knopf für das oberste Stockwerk, die Türen schlossen sich und der Aufzug glitt gemächlich nach oben.

»Komm schon!«, zischte sie und traktierte frustriert den obersten Knopf. »Beweg dich!«

Ihr Vater konnte verletzt sein, sterben und dieser verdammte Aufzug hatte nichts Besseres zu tun, als im Schneckentempo vorwärts zu kriechen.

Maddie hämmerte mit den Handflächen gegen die Metallwände und starrte verzweifelt auf die langsam wechselnden Stockwerkanzeigen.

Endlich hielt der Aufzug bebend im obersten Stock und Maddie presste sich durch den Spalt der sich öffnenden Türen. Ein Feuerwall und unerträgliche Hitze schlugen ihr entgegen und sie nahm wahr, dass sich die Aufzugstüren hinter ihr sofort wieder schlossen.

Die Aufzüge des Centrepoints hatten einen eingebauten Feuermelder. Wenn die Sensoren Rauchbildung feststellten, fuhren alle Aufzüge automatisch nach unten in das Erdgeschoss und stellten sich ab.

Maddie wich zurück und hangelte sich dicht an der Wand entlang. Sie wusste noch nicht, dass ihr der Hauptfluchtweg gerade abgeschnitten wurde.

Der Durchgang zum Notausgang über die Treppen stand in Flammen und es gab keinen Weg zurück nach unten.

Alex' Ducati raste knapp hinter Dowds Auto her. Er beugte sich über seine Maschine und hielt seine Augen konstant auf die Schlusslichter gerichtet, denn er wollte sich auf keinen Fall abhängen lassen.

Dowd fuhr wie ein Verrückter – wie eine Dampfwalze bahnte er sich seinen Weg, trieb andere Autos zu gewagten Ausweichmanövern und einige Fußgänger mussten um ihr Leben bangen und aus dem Weg springen.

Dowd polterte über das nördliche Ende der Shaftesbury Avenue und schnitt einem anderen Wagen fast das Hinterteil ab. Alex drückte aufs Gas – er musste Dowd aufhalten, bevor es zu einer Katastrophe kam und jemand getötet wurde.

Sie schlitterten in den Bloomsbury Way und Alex zog gleichauf. Er konnte versuchen, Dowd abzudrängen und zum Anhalten zu zwingen, aber wenn der stur weiterfuhr, wäre das ein Kamikaze-Unterfangen und er würde mit seiner Duc direkt unter die Räder geraten. Das konnte das Auto zwar aufhalten, würde aber einem Selbstmord gleichkommen.

Langsam überholte Alex und heftete sich auf Höhe der Motorhaube parallel zu Dowds Wagen, nur Zentimeter trennten Alex von den Seitenteilen.

Alex sah zur Seite und blickte direkt in Dowds Gesicht, das von einem Grinsen voller kaltem Zorn entstellt wurde.

Alex reagierte in Bruchteilen von Sekunden auf Dowds Absicht und riss die Bremse in dem Moment, in dem Dowd nach rechts zog.

Das Auto schoss quer über Alex' Weg.

Maddie riss sich zusammen, presste die Hände an die Wand. Sie zählte langsam bis drei, sprang dann durch die Flammen und rannte durch Hitze und Rauch weiter. Sie konnte ihr Ziel bereits erkennen: Das Büro ihres Vaters lag vor ihr, den Flur entlang. Rauch drang von dort nach außen.

Maddie warf sich gegen die Tür, die sich nur ein paar Zentimeter öffnen ließ. Rauch und Gestank zwangen sie zurück.

Sie schnappte noch Luft und versuchte ein zweites Mal, durch die Tür zu kommen.

Sie warf sich mit der Schulter dagegen und es gelang ihr, den Spalt so zu verbreitern, dass sie sich hindurchzwängen konnte. Der Raum stand in Flammen bis kurz vor ihr.

Maddie fiel auf die Knie, dicht über dem Boden war noch Sauerstoff zum Atmen. Dann sah sie ihren Vater, der nur ein paar Schritte weit weg mit dem Gesicht nach unten reglos dalag.

Sie kroch hinüber und es gelang ihr, ihn auf die Seite zu drehen – sie hörte seinen Atem rasselnd an ihrem Ohr.

Maddie griff nach seinem T-Shirt und zog ihn außer Reichweite der Flammen. Sie öffnete die Tür und packte den starren Körper unter den Armen.

»Komm schon ... Dad ...«, rief sie, während Rauch ihre Lungen füllte und sie erbärmlich zu husten begann. Das Feuer kam näher und die Hitze wurde sengend. Die Flammen kamen den Beinen ihres Vaters gefährlich nahe.

Maddie griff nach und hakte sich besser ein, um dann ihren Vater hinter sich herzuziehen. Er war schwer. Maddie spannte sämtliche Muskeln.

Es funktionierte. Sie zog mit aller Kraft, bis sie ihn im Korridor hatte. Der Rauch quoll nun aus dem Zimmer, dicke Schwaden waberten durch die Tür. Maddie kam auf die Füße, richtete ihren Vater leicht auf, hievte ihn hoch, um mit gespreizten Schritten weiterzustolpern.

Schließlich hatte sie ihn über die Schwelle gezogen. Sie keuchte und rang nach Luft, ihr Hals war rau und ihre Augen tränten. Rasch zog sie die Tür hinter sich zu.

Sie kniete sich auf den Boden und nahm den Kopf ihres Vaters in den Schoß. Er sah übel aus. Sie versuchte den Schweiß und Ruß aus seinem Gesicht zu wischen, als er seine Augen langsam öffnete. Sie sah, wie er krampfhaft versuchte, seinen Blick zu konzentrieren.

»Wieso bist ... du nicht ... Razzia?«, murmelte er schwach.

»Ich bin wegen dir zurückgekommen«, keuchte Maddie.

»Ich habe die Sterne beobachtet ...«

»Dad, hör mir bitte zu«, sagte Maddie und versuchte, die Panik aus ihrer Stimme zu halten. »Wir müssen hier raus. Du musst mir dabei helfen.« Seine Augen verloren wieder ihren Halt und er starrte glasig umher. »Dad? Hast du mich verstanden?«

»Maddie?«

»Ich bin hier.«

»Ich fühl mich ... seltsam ... Maddie...«

Dann wusste sie plötzlich, was passiert war. Ihr Vater stand unter Drogen, Dowd hatte ihn voll gepumpt, um ihn hilflos in dem brennenden Inferno zum Sterben zurückzulassen. Sie streichelte das Haar ihres Vaters und Angst schnürte ihr die Kehle zu. Sie sah sich um, die Flammen am Ende des Korridors reichten bis zur Decke und blockierten den Weg in die Freiheit. Es gab keinen Ausgang in die andere Richtung, keinen Weg nach unten.

Ihr Vater murmelte unverständlich vor sich hin, während der Rauch unter der Türspalte seines Büros durchkroch und in ihren Augen brannte. Tränen liefen Maddie die Wangen hinunter. Was sollte sie nur tun? Sie waren gefangen.

Die Deckenplatten des Korridors fingen Feuer und der Bodenbelag nur wenige Meter von ihnen entfernt begann zu schmoren.

»Es ist alles in Ordnung, Dad«, flüsterte sie. »Ich bring uns hier raus. Mach dir keine Gedanken.« Das Feuer kam auf sie zu. Sie zuckte, als eine Flammenzunge nach ihnen griff.

Es gab keinen Ausweg.

Alex hatte die Gefahr rechtzeitig erkannt. Anstatt direkt in die Seite des Autos zu prallen, wie Dowd es geplant hatte, hatte sein Bremsmanöver dazu geführt, dass Dowds Auto an ihm vorbeischoss. Alex lenkte leicht nach links, um einem Wagen auszuweichen, der seinen Weg kreuzte.

Jetzt befand sich Dowd in unmittelbarer Gefahr.

Er hatte sich verkalkuliert und sich zu stark in die Kurve gelegt. Sein Wagen hob sich zur Seite, überschlug sich und schlitterte über den Asphalt.

Ein ohrenbetäubendes metallisches Kreischen und Knirschen war zu hören, während Dowds Auto weitersegelte, Glassplitter flogen, Funken stoben, Metallteile und zerfetztes Gummi wurden durch die Luft geschleudert.

Das Auto kam auf dem Dach zum Liegen.

Alex hielt seine Maschine an, sprang ab und sprintete zur Unfallstelle.

Schon aus der Ferne sah er das Benzin austreten. Die Rücklichter brannten und Dowd befand sich noch im Wagen.

Eine ungeheure Explosion schleuderte Alex zurück. Ein Streufunke hatte den Benzintank wie eine Bombe gezündet.

Das Auto verschwand in einem wütenden Feuerball.

Zweiundzwanzigstes Kapitel

Maddie zog ihren Vater außer Reichweite der Flammen. Die Decke war inzwischen eine einzige brodelnde Rauchmasse. Schmerzhaft liefen ihr die Tränen über ihr rauchverschmiertes Gesicht und das Luftholen fiel ihr schwer. Ihr Hals tat höllisch weh, sie hatte einen bitteren Geschmack im Mund und der ätzende Gestank nahm ihr die Sinne.

Sie blieb nah am Boden und versuchte, ihre Gedanken zu fassen, während die Panik sie zu übermannen drohte. Der Weg zu den Aufzügen und zum Notausgang war blockiert.

Maddie sah hilflos ihren Vater an, der mit glasigem Blick die Lippen bewegte, ohne dass sie auch nur die leiseste Ahnung hatte, was er ihr sagen wollte oder ob er überhaupt mit ihr sprach.

Sie war auf sich selbst gestellt.

Und es gab nur einen Ausweg.

Wenn sie es schaffen würde.

Am anderen Ende des Flurs führte eine Tür zu Treppen, die aufs Dach hinausgingen. Wenn sie ihren Vater dorthin bekam, so könnte sie vielleicht Hilfe rufen, bevor das Feuer durchbrach. Ein Helikopter könnte die Rettung bringen …

Maddie rannte den Flur entlang.

Die Tür war unverschlossen, sie zog sie auf und stürzte die Stufen hinauf.

Die Tür zum Dach hatte ein Vorhängeschloss, das aber schnell nachgab. Als Maddie die Tür aufriss, sah sie hinaus in die Dunkelheit und atmete tief die klare Nachtluft ein.

Dann bemerkte sie voll Entsetzen, dass Rauch nach oben drang.

Ihr blieb keine Zeit – Maddie rannte zurück zu ihrem Vater und warf sich auf die Knie neben ihn. »Dad?« Sie schlug ihn ins Gesicht und versuchte, seine Aufmerksamkeit auf sich zu ziehen – er sah sie kurz an.

»Hallo Maddie …«, flüsterte er mit heiserer Stimme. »Ich dachte schon, du wärst weg.«

Sie schüttelte ihn. »Nein! Sag doch so was nicht. Ich bin hier, ich werde ohne dich nirgends hingehen.« Sie musste husten. »Ich brauche jetzt deine Hilfe, Dad. Du musst dich aufsetzen und deine Arme um meinen Hals legen. Kannst du das tun?«

Für Maddie war es ein Albtraum in Zeitlupe. Ihr Vater konnte seine Bewegungen kaum koordinieren und das Gewicht seiner Beine zog ihn nach unten.

Die Flammen brüllten und Maddie konnte die unerträgliche Hitze im Rücken spüren. Sie sah sich nicht um, denn sie wollte nicht wissen, wie nah das Feuer ihnen schon gekommen war.

Mit geradezu unmenschlicher Anstrengung fand Maddie die Kraft, sich ihren Vater auf die Schulter zu laden. Sie packte ihn mit den Händen, hielt ihn fest und versuchte nicht aus dem Gleichgewicht zu geraten.

Sie hatte nur diese eine Chance.

Sie streckte den Rücken und versuchte, aufzustehen. Ein stechender Schmerz schoss durch ihre verletzte Hüfte und eine innere Stimme schrie verzweifelt: »Ich schaff das nicht!«

Aber dann stand sie, gebeugt unter dem Gewicht ihres Vaters setzte sie einen Schritt vor den anderen. Der Schweiß rann ihr in Strömen übers Gesicht, ihre Schuhe schienen auf dem heißen Teppich unter ihr festzukleben.

Sie bewegte sich langsam Richtung Treppenhaus, alle paar Meter musste sie anhalten, um ihre Balance wiederzugewinnen, und jeder Muskel tat ihr weh.

»Ich schaff es. Sicher.« Sie hörte ihre eigene gequälte Stimme diese Worte immer und immer wieder wie ein Mantra wiederholen.

Die Treppen lagen jetzt vor ihr. Sie setzte einen Fuß auf die erste Stufe, verlagerte dann ihr Gewicht und stieß sich ab. Ihr Fuß fand die nächste Stufe.

Es *war* möglich. Sie *konnte* es schaffen.

Es kam Maddie so vor, als würde ihr Körper über alle Maßen hinaus gefordert. Der Kampf mit Tara hatte sie geschwächt und nun balancierte sie das Gewicht ihres Vaters auf ihrem geschundenen Kreuz, versuchte, ihren zitternden Körper beisammenzuhalten, um sie in Sicherheit zu bringen.

Auf der letzten Stufe stürzte sie lang hin und verletzte sich das Knie am metallenen Schloss der Außentür. Der Schmerz klärte ihr Hirn. Sie zog den Kopf ein und ließ ihren Vater langsam von ihrem Rücken gleiten, öffnete, zog ihren Vater rückwärts hinaus aufs Dach, knallte die Tür wieder zu und fiel mit dem Rücken dagegen.

Sie rang nach Luft, füllte ihre Lungen mit der frischen Brise, die auf dem Dach des Centrepoints wehte. Es war kalt hier oben, besonders nach der kochenden Hitze des Treppenhauses. Maddie zitterte am ganzen Körper vor Angst und Erschöpfung.

Sie hielt sich am Türrahmen fest und streckte langsam ihre Beine aus. Jetzt konnte sie Hilfe rufen, sie griff nach ihrem Handy – es war nicht mehr da. Maddie schrie vor Enttäuschung auf. Es musste ihr irgendwo da unten aus der Tasche gefallen sein, in diesem Inferno auf der anderen Seite der Tür. Sie war nun ganz auf den Zufall angewiesen. Darauf, dass Alex und vielleicht der Wachmann Hilfe holen konnten. Falls es überhaupt noch Hilfe für sie gab. Das Feuer konnte jeden Augenblick durch das Dach brechen …

Maddie sah nach ihrem Vater, er war in eine tiefe Bewusstlosigkeit geglitten. Jetzt wurde sie sich des Schmerzes in ihrem Knie bewusst, es war dick geschwollen und lief blau an. Maddie biss die Zähne zusammen. Jetzt nur keine Schwäche zulassen.

Sie ließ ihren Blick suchend über das weite Dach schweifen. Es musste einfach eine Möglichkeit geben, dass sie sich und ihren Vater selbst, aus eigener Kraft, noch retten konnte.

Plötzlich entdeckte sie etwas: einen schmalen Metallkran, der einen mobilen Lastenaufzug hielt. Der Aufzug! Die Fensterwäscher benutzten ihn täglich; Maddie hatte schon oft beobachtet, wie sie sich an der Fassade des Gebäudes hinauf- und hinabkurbelten.

Maddie rannte zur Kante des Daches. Es war ein Schwindel erregender Anblick, der sich ihr bot. Ein schier bodenloser Abgrund. Die Autos und Taxis tief unter ihr sahen wie Spielzeug auf einer Spielzeugstraße aus. Maddie schauderte, doch sie hatte keine Wahl. Sie musste es versuchen.

Der Kran stand auf festen Stahlgleisen, um ihn auf dem Dach hin- und herschieben zu können. Unterhalb der Winde befand sich eine verschlossene Metallbox mit Bedientastatur. Es gab keinen Schlüssel, aber für Maddie stellte das kein Hindernis dar.

Nichts würde sie aufhalten. Sie fand ein Stück Stahlrohr und schlug auf das Schloss ein, bis es nachgab und der Verschluss sich öffnen ließ. Auf einem laminierten Schild standen einfache Anweisungen. Es gab einen Hebel, einen grünen Knopf und einen roten Knopf. Sie legte den Hebel in die Start-Position und drückte auf den roten Knopf. Ein leichtes Summen zeigte an, dass das Ding erwachte.

Der Weg zum Lastenaufzug führte über einen schmalen Grat von Balken. In dem offenen, mit einem Gitter versehenen Aufzugkorb befand sich ein weiteres Bedienfeld. Wenn sie ihren Vater in den Aufzug bekam, konnten sie sich sicher nach unten bewegen. Hoffentlich …

Maddie ging zu ihrem Vater zurück, kniete neben ihm nieder. Als sie in sein Gesicht blickte, wurden auf einmal Erinnerungen wach. In ihrem ganzen Leben hatte sie sich auf ihn verlassen können, wie ein Fels in der Brandung war er immer für sie da gewesen, wenn etwas schief gelaufen war. Er hatte ihr geholfen, über den Tod ihrer Mutter hinwegzukommen, war immer ihr Vorbild gewesen. Und nun war er hilflos.

»Ich bring uns hier raus, Dad«, sagte sie und versuchte damit genauso sehr ihren Vater wie sich selbst zu beruhigen.

Sie ignorierte ihren schmerzenden Körper, hob ihren Vater entschlossen auf und schleifte ihn über das Dach in den Aufzug.

Sie legte ihn vorsichtig auf den Boden, erhob sich, drehte sich um und schloss die Sicherheitsriegel.

Maddie starrte auf das Bedienfeld und versuchte, einen kühlen Kopf zu bewahren. Ein weiterer roter Knopf, ein weiterer grüner An- und Aus-Schalter. Ein Hebel, um die Geschwindigkeit zu regulieren. Ein Warnschild: »Helmpflicht.« Sie musste fast lachen. »Ich denke, wir werden's dieses eine Mal ohne wagen«, murmelte sie voll Galgenhumor und drückte den grünen Knopf. Ein Licht leuchtete auf.

Sie sah zu ihrem Vater. »Alles klar, Dad, das ist es jetzt. Drück uns die Daumen.«

Sie drehte den Hebel und der Aufzug setzte sich sanft niederschwebend in Bewegung, begann an der Außenseite des Gebäudes hinabzugleiten.

Maddie stützte sich auf, um ihr Knie zu entlasten. Nur noch ein paar Minuten und sie wären am Boden.

Plötzlich blickte Maddie in das Büro ihres Vaters, das in Flammen stand. Dicker schwarzer Rauch drückte von innen gegen das Glas.

In diesem Moment erreichten rote Flammen das Fenster, in Augenhöhe mit Maddie loderten sie gegen das Glas. Ein lauter Knall war zu vernehmen, ängstlich riss Maddie den Kopf zurück.

Die Hitze hatte die breite Glasfront von einer Seite zur anderen platzen lassen, aber sie würde noch halten, zumindest für einige Minuten, hoffte Maddie. Sie drehte den Hebel zitternd weiter, um ihre Abfahrt zu beschleunigen.

Doch da öffnete ihr Vater die Augen, blickte wirr um sich, gestikulierte wild, griff nach ihrem Bein und versuchte, sie zu sich herunterzuziehen, auf den Boden des Aufzugs.

»Dad! Nicht!« Schmerz brandete durch ihr verwundetes Knie.

Die Hände ihres Vaters krallten sich an ihr fest und zogen sie von der Bedientafel weg. Sie stolperte und ihre Finger rutschten vom Hebel. In dem Moment schnappte der Hebel zurück und der Aufzug kam zum Stehen.

Maddie fiel zu Boden, während ihr Vater unzusammenhängend schrie und sie umklammerte.

Die Pillen zeigte jetzt ihre volle Wirkung, ihr Vater war außer Kontrolle, er wusste nicht, was er tat. Wie ein Ertrinkender,

der im Todeskampf seinen Retter mit unter Wasser zog, be-
kämpfte er Maddie verzweifelt und mit aller Kraft, sodass sie
nicht mehr an den Schalthebel kam.

Der Aufzug schwang gefährlich an den Seilen, sie knirschten
unter der außergewöhnlichen Belastung. Rauch und Feuer
brandeten im Innern des Gebäudes gegen das gesprungene
Fenster.

Es konnte jeden Moment zerplatzen, das Feuer würde nach
draußen schießen und den Lastenaufzug zum Absturz bringen.

Tief unter ihnen lag der Tod.

Maddie leistete keinen Widerstand mehr, denn gegen die
Kraft, die die Paranoia in ihrem Vater freisetzte, kam sie nicht
an. Sie konnte sich nicht wehren, er hielt sie am Boden – keuchend, ächzend, nicht zu kontrollieren.

Sie hielt einfach still und hörte seinem rasselnden Atem zu.

»Dad?«, bat sie eindringlich. »Du musst mich loslassen,
bitte.«

»Du verlässt mich, wie deine Mutter …«

Seine Stimme klang fremd und Maddie kämpfte ihre aufsteigende Panik nieder.

»Nein, Dad«, presste sie hervor. »Ich verlass dich nicht. Das
versprech ich. Lass mich los – ich halt deine Hand. Alles wird
gut werden, lass mich aufstehen.«

Plötzlich gab ihr Vater nach und Maddie konnte sich aufsetzen. Sie nahm seine Hand und er umschloss ihre Finger wie
mit einem Schraubstock. Sie kniete im Aufzug und blendete
ihre Schmerzen aus. Die Flammen schlugen gegen die Fens-

terfront vor ihr, ein weiterer Sprung war zu sehen, aber noch hielt die Scheibe. Sie konnte gerade so den Hebel erreichen und drehte ihn.

Ein Zittern ging durch den Aufzug. Er setzte sich erneut langsam in Bewegung und kroch den Turm hinunter.

Ein Feuerwehrfahrzeug war an der Unfallstelle im Bloomsbury Way eingetroffen und die Flammen waren gelöscht. Das Auto war nur noch ein schwarzer, unkenntlicher Klumpen; Dowds Körper befand sich noch im ausgebrannten Innern. Alex hatte nichts ausrichten können.

Er verließ die Unfallstelle und raste zum Centrepoint zurück.

Im Centrepoint teilte der von Maddie befreite Sicherheitsbeamte Alex atemlos mit, was passiert war. Er erfuhr, dass Maddie allein hochgefahren war und die Aufzüge jetzt nicht mehr funktionierten. Entweder war der Strom ausgefallen oder ein Feuer wütete.

Alex zögerte keine Sekunde, sondern rannte die Treppen hinauf. Als er sich dem oberen Teil des Turms näherte, roch er schon das Feuer und zwei Treppenabsätze weiter hörte er das Knacken der Flammen. Ein letzter Absatz und er sah sich dem Feuer gegenüber.

Er erfasste mit einem Blick, dass kein Durchkommen möglich war. Er packte er sein Handy und drückte Dannys Kurzwahl.

Danny stand am Vordereingang des Lagers 17 in Camden Lock.

Operation Flatline war fast abgeschlossen.

Einer der Agents machte im Innern Aufnahmen von den Laboreinrichtungen, eine saubere und effiziente Organisation. Die Basis-Chemikalien waren in Vorratsbehältern an einem Ende eingelagert. Auf der gegenüberliegenden Seite lagen die Pillen in hunderten von Plastiktüten zum Vertrieb bereit. Dazwischen befand sich die Laborausrüstung zur Herstellung der kleinen rosa Gems.

»Schlaue Jungs«, murmelte Danny, dann musste er grinsen. »Aber eindeutig nicht schlau genug.«

Die sechs Verdächtigen fuhren bereits im hinteren Teil des Polizeiwagens Richtung Zellen und einige Beamte waren damit beschäftigt, die Ware in einen weiteren Transporter zu verladen, um sie zur Analyse einzuschicken.

Die Hauptkassenbücher waren gefunden worden, mit detaillierten Zahlungsvermerken, den Namen von Kurieren und Hauptdealern. Diese Leute würden in den nächsten Tagen unangenehmen Besuch erhalten.

Danny ging lächelnd zur Mobilen Überwachungseinheit zurück. Die Aktion war großartig verlaufen. Das PIC hatte einen vollen Erfolg gelandet, nur eine Sache beunruhigte ihn – wo waren Alex und Maddie abgeblieben?

Sein Handy läutete und er schnippte es auf. »Jap?«

Alex war dran. »Danny – wir haben hier Schwierigkeiten, ich stehe vor der Zentrale. Es brennt und Maddie und der Boss sind eingeschlossen.«

Danny wurde schwindlig vor Schreck. »Was ist mit Tara?«, fragte er. »Ist sie nicht da?«

»Nein. Bist du noch auf dem Industriegelände?«

»Ja.«

»O. k. Du wirst Tara auf der anderen Straßenseite finden, sie liegt in einer Seitengasse. Leg ihr Handschellen an und falls sie wach sein sollte, pass bloß auf dich auf – sie ist durchgeknallt und hat die Seiten gewechselt.«

»Sag das noch mal?« Danny schnappte nach Luft und ihm wirbelten tausende von Fragen durch den Kopf.

»Ich erklär es später«, sagte Alex kurz. »Stell sie einfach unter Arrest, Danny. Und sag Randal, was hier los ist – er hat das Sagen, bis wir wissen, dass der Chef in Ordnung ist.«

»War das Feuer ein Unfall?«

»Nein. Es war Dowd. Er ist tot.« Alex' Stimme kippte, dann erklärte er hastig weiter. »Es sieht schlimm aus, Danny. Der gesamte oberste Stock steht in Flammen und ich hab keine Ahnung, ob die beiden es schaffen, da rauszukommen.«

Die Polizei war inzwischen vor Ort und hatte die Straßen abgesperrt. Menschen wurden zurückgedrängt und der Verkehr umgeleitet, sodass kein Chaos ausbrach.

Alex stand mitten auf dem St Giles Circus und starrte den weißen Turm des Centrepoints hinauf.

Maddie war irgendwo da oben und er konnte nichts tun.

Drei Feuerwehrwagen kämpften sich die Oxford Street mit heulenden Sirenen und kreisenden Lichtern hoch. Endlich hielten sie am Fuß des Gebäudes. Hier unten war fast nichts von dem Großfeuer zu bemerken, das die obersten Stockwerke erfasst hatte. Es war inzwischen auch zu dunkel, um den austretenden Rauch, der aus den Lüftungsschächten drang, zu sehen.

Alex rannte zu den Feuerwehrleuten hinüber, als der Einsatzleiter seiner Truppe die Anweisungen erteilte.

»Wie viele Leute sind in dem Gebäude?«, fragte der Mann.

»Zwei auf jeden Fall«, antwortete Alex. »Die Treppen sind nicht passierbar.«

Der Einsatzleiter nickte und schickte ein Team ins Gebäude.

Alex trat zurück und blickte die aufragenden weißen Wände empor und hoffte wider alle Vernunft, dass Maddie und ihr Vater dort irgendwie noch am Leben wären.

Dann bemerkte er einen schmalen schwarzen Schatten vor Beton und Glas an der abgewanden Seite des Turms. Er sah genauer hin – der Schatten bewegte sich langsam und hing ungefähr auf halber Höhe.

Plötzlich wusste Alex, was er da sah, und Hoffnung flammte auf, während er zu dieser Seite des Gebäudes lossprintete.

»Komm schon, Maddie«, schrie er, als er den schwarzen Schatten hinuntergleiten sah. »Du schaffst es.«

Der Lastenaufzug kam näher. »Maddie! Ihr habt es fast geschafft!« Er sah, sie waren nur noch zehn Stockwerke über ihm. Er konnte zwar noch niemanden erkennen, aber sie mussten es einfach sein.

»Maddie!«, rief er und von oben kam die Antwort: »Alex!« – Eindeutig Maddies Stimme.

Ein Aufschrei der Erleichterung entfuhr ihm. Die Seile waren fast ganz ausgefahren und der Aufzug schwang stetig nach unten.

Alex trat zurück und griff in die Gitter, um den Aufzug zu stabilisieren, als er in Reichweite kam. Er sah Maddies rußverschmiertes Gesicht über die Kante blicken.

»Ruf den Notarzt«, sagte sie, ihre Stimme war heiser und brach. »Meinem Vater geht es nicht gut.«

»Ist schon unterwegs«, beruhigte sie Alex. »Mit dir alles in Ordnung?«

»Ich weiß noch nicht«, meinte Maddie. »Hilf mir mit meinem Vater.«

Sie packten Jack Cooper, nahmen ihn in die Mitte, zogen ihn aus dem Verschlag und bargen ihn auf dem Boden. Er war jetzt außergewöhnlich ruhig. Maddie warf sich neben ihn, legte schützend die Arme um seinen Körper und presste ihren Kopf an seine Schulter.

Alex entdeckte das Blut, das ihr Bein herunterlief.

»Das sieht übel aus«, bemerkte er.

»Macht nichts«, keuchte sie. »Wir haben's geschafft, Dad. Alles wird gut.«

Das Heulen des Notarztwagens kam deutlich näher.

Alex legte sanft seine Hand auf Maddies verfilztes, zerzaustes Haar.

Ihr Martyrium war überstanden.

Dreiundzwanzigstes Kapitel

Ian Dowds Sprengstoffladungen hatten zwar die Büros der oberen Stockwerke des PIC und die Flure verwüstet, aber die Feuerwehrmänner hatten die Flammen eindämmen und unter Kontrolle bringen können, bevor das Gebäude in seiner Substanz angegriffen wurde. Nach zwei Stunden war alles vorbei. Die Büros des PIC waren Kampfzone, aber das Gebäude war gerettet.

Was das Feuer nicht verwüstet hatte, lag nun unter einem Belag aus chemischem Löschschaum und es würde Tage kosten, alles zu reinigen.

Ein kleines Team von PIC-Angestellten nahm die Trümmer in Augenschein und machte am nächsten Vormittag einen Rundgang durch die Räume. Jack Cooper, die Detective Chief Inspectoren Baxendale und Randal, Alex, Danny und Maddie sowie ein paar weitere Beamte und eine Externe, Kathryn Grant, waren dabei.

Maddie schob ihren Vater auf einem neuen Rollstuhl durch das Büro, Wind fegte durch die gesprengten Fenster, Glasscherben und Schutt knirschten unter den Rädern und Maddie war sich nur zu bewusst, dass sie gerade die Aufgabe von Tara Moon übernahm.

Maddies Knie war versorgt worden. Der breite Schnitt hatte sich als nicht gefährlich erwiesen und es waren nur ein paar Stiche und eine Bandage nötig gewesen. Die verordnete Bettruhe hatte Maddie abgelehnt. Als ob sie das jetzt durchhalten würde!

Am frühen Morgen hatte sich Jack Cooper als Allererstes selbst aus dem Krankenhaus entlassen, gegen den Einspruch der Ärzte. Maddie konnte sehr gut nachvollziehen, dass ihr Vater persönlich überprüfen musste, welche Schäden es in der Zentrale gab und wie schlimm die Lage dort war.

»Hätte übler kommen können, Sir«, sagte Danny mit Blick auf das Chaos. »Die Kaffeemaschine steht noch.«

Jack Cooper sah ihn mit hochgezogener Augenbraue mahnend an.

»Ich versuche, die positive Seite an der ganzen Geschichte zu entdecken, Sir«, verteidigte sich Danny feixend.

In dem Moment kam Alex von der Besichtigung der obersten Etage wieder. Das Treppenhaus war freigeräumt und die Stufen waren als sicher eingestuft worden. »Sieht nicht besonders nett aus da oben«, sagte er und blickte dabei Jack Cooper an. »Ihr Büro ist komplett niedergebrannt, es ist nichts übrig geblieben.«

Kathryn Grant räumte gerade ein paar rußige Dokumente auf Maddies Schreibtisch zusammen und steckte sie in eine schwarze Aktentasche.

Maddie rollte ihren Vater hinüber. »Sind Ihre Untersuchungen abgeschlossen, Miss Grant?«, fragte Jack Cooper sarkastisch.

»Ja, ich denke, das sind sie«, antwortete sie wie immer kurz angebunden. »Als Sie mir über Tara Moon und ihre Rolle berichtet haben, war es nicht mehr schwer, zu finden, wonach ich die ganze Zeit gesucht habe. Miss Moon hatte ein geheimes Bankkonto, auf das sie alle gestohlenen Gelder des PIC transferiert hat. Ich vermute, sie hatte vor, so viel wie möglich abzuzweigen, um sich dann zusammen mit Dowd außer Landes zu verabschieden, bevor ihre Machenschaften ruchbar wurden. Der Plan ist nicht aufgegangen.«

»Kann mir mal jemand verraten, was hier abgeht?«, fragte Danny konsterniert und sah Kathryn Grant herausfordernd an. »Was genau tun Sie hier?«

Sie sah zu Jack Cooper hinüber, der ihr mit einem Nicken die Erlaubnis gab fortzufahren.

»Ich bin eine Ermittlerin der Nationalen Rechnungsprüfungsstelle«, erklärte sie. »Die Innenministerin bat mich, bestimmte finanzielle Unregelmäßigkeiten, die in der Buchhaltung dieser Abteilung in den letzten Monaten aufgetaucht sind, zu untersuchen.«

»Was für Unregelmäßigkeiten?«, hakte Maddie ein.

»Große Geldsummen sind schlicht und ergreifend verschwunden«, fuhr Kathryn Grant fort. »Und ich sollte nach Spuren für Veruntreuung suchen.«

Susan Baxendale sah fragend zu Jack Cooper. »Ich gehe davon aus, dass Sie davon wussten?«, sagte sie herausfordernd.

»Selbstverständlich«, bestätigte er. »Und ich hatte Miss Grant meine volle Unterstützung zugesagt.«

»Ich bin der Meinung, dass zumindest die Section Heads hätten informiert werden müssen«, beharrte Susan Baxendale, aber Jack Cooper sah sie nur streng an und brachte es dann auf den Punkt. »Die Wahrscheinlichkeit war extrem hoch, dass der Dieb in den obersten Rängen zu finden war«, stellte er leise klar. »Sie hätten es auch sein können, Susan. Besonders, da Sie sich heimlich mit Chief Inspector Andrew Blake von der Personalabteilung der Special Branch getroffen haben.«

Susan Baxendale konnte ihre Überraschung nicht verbergen,

während Jack Cooper sie erwartungsvoll ansah. »Es passiert nicht viel, von dem ich nichts weiß, Susan.« Er zog die Stirn in Falten. »Normalerweise jedenfalls nicht«, räumte er ein. »Haben Sie den Job bekommen?«

Susan Baxendale straffte sich. »Ich habe einen Posten bei der Special Branch angeboten bekommen, das ist vollkommen richtig«, bestätigte sie. »Aber ich habe nach reiflicher Überlegung abgelehnt, ich bleibe lieber beim PIC, falls das in Ordnung ist, Sir.«

Jack Cooper nickte. »Sie haben die richtige Entscheidung getroffen«, sagte er zufrieden.

»Entschuldigung«, warf Danny ein. »Das ist ja alles schön und gut und ich kann gar nicht sagen, wie begeistert ich bin, dass DCI Baxendale bei uns bleibt, aber das mit Tara habe ich immer noch nicht verstanden. Was zur Hölle war mit der Frau los? Was ist schief gelaufen?«

»Ian Dowd hat quer geschossen«, ergriff Maddie das Wort.

»Tara war Dowds Lebensgefährtin«, ergänzte Jack Cooper. »Sie waren schon über ein Jahr zusammen. Zunächst hat sie es geheim gehalten, weil sie nicht bekannt geben wollte, dass sie mit jemandem aus einer anderen Polizeieinheit verbandelt ist. Dann wurde es umso wichtiger, ihre Beziehung geheim zu halten, als sie erfuhr, dass Dowd Drogen hinterzog und sie weiterverkaufte.«

»Wollen Sie damit sagen, sie wusste von Dowds illegalen Geschäften und hat nichts unternommen?«, fragte Alex aufgebracht und pfiff leise durch die Zähne.

»Niemand von uns hat sie verdächtigt«, gestand Jack Cooper. »Alles lief aus dem Ruder, als Dowd entlassen wurde und es nur noch eine Frage der Zeit war, bis die Drogenfahndung auf seine Spur gestoßen wäre. Wenn sie ihn gefunden hätten, so wär auch Tara dran gewesen. Deshalb hat sie ihre Veruntreuung von ein paar hundert Pfund pro Woche auf einige tausend hochgeschraubt.« Er stellte seine nächste Frage an Kathryn Grant. »Kennen wir den vollen Betrag der veruntreuten Gelder?«

»Ich prüfe immer noch«, sagte sie. »Aber es wird sich auf über hunderttausend Pfund insgesamt belaufen.«

»Ich kann's immer noch kaum glauben«, meinte Maddie. »Wie konnte Tara uns das antun?«

»Sie hatte irgendwann keine andere Wahl«, sagte Jack Cooper. »Denn sie hat zuvor die falsche Entscheidung getroffen. Tja, als sie erfuhr, dass ihr Freund Dowd seinen Unfall nicht überlebt hat, ist sie zusammengebrochen und legte ein umfassendes Geständnis ab. Dowd hat massiv Einfluss auf sie ausgeübt, sie war ihm hörig. Wenn er nicht gewesen wäre ...« Er brach gedankenverloren mitten im Satz ab. »Aber das ist reine Spekulation. Wir werden nie wissen, was dann gewesen wäre. Tara hat die ganze Zeit mit Dowd unter einer Decke gesteckt. Dowd wollte Rache, er wollte das PIC zerstören und mich ebenfalls. Er hat Maddie in die Falle gelockt und Paul Gilmore getötet, als er mitbekam, dass der Junge reden wollte. Er hat unsere besten Kontakte geschmiert, damit sie falsche Informationen weitergeben. Alles, um unsere Abteilung zu unterminieren. Um uns leiden zu lassen.«

»Hat Tara das Virus eingeschleust?«, fragte Danny dazwischen.

Jack Cooper nickte bestätigend. »Um mich zu demütigen und ihre eigenen Spuren zu verwischen und die entsprechenden Daten zu vernichten«, bestätigte er.

»Es gab also gar keinen Angreifer in Pauls Wohnung«, warf Maddie plötzlich ein. »Tara hat mir eins übergebraten.« Ihre

Augen wurden tellerrund. »Sie muss sich selbst verletzt haben, damit es echt aussah. Wie muss jemand veranlagt sein, dass er so was tut?« Sie schüttelte sich.

»Wenn das Liebe aus einem machen kann«, murmelte Danny selbstvergessen, »dann kann sie mir gestohlen bleiben!«

Jack Cooper lächelte süffisant. »Meiner Demütigung sollte durch die Mail an die Innenministerin die Krone aufgesetzt werden«, meinte er. »Es sollte ein Eingeständnis meines Vergehens und ein Abschiedsbrief in einem sein. Unterm Strich wollte Dowd mich vor allem tot sehen.«

»Glücklicherweise hat Margaret Churchill erst heute Morgen einen Blick darauf geworfen«, gluckste Kevin Randal, »und da wusste sie schon, was wirklich vorgefallen war.«

Jack Coopers Handy klingelte, er zog es hervor und starrte für einen kurzen Moment ungläubig auf den Namen im Display, bevor er abnahm.

»Ja, Frau Innenministerin. Guten Tag. Ja, vielen Dank. Die Ärzte haben gute Arbeit geleistet. Mir geht es gut.« Eine Pause folgte, in der er länger zuhörte. »Ja. Ich bin mit einem Teil meiner Belegschaft vor Ort. Wir verschaffen uns einen Überblick über das Ausmaß der Zerstörung. Ja, beträchtlich, denke ich.« Eine weitere Pause folgte. »Ja, das weiß ich zu schätzen.«

Maddie sah zu Danny und Alex, denn das Gesicht ihres Vaters verriet nichts. Was teilte ihm die Ministerin gerade mit?

»Nein, ich bin mir sicher, dass das nicht der Fall ist«, antwortete Jack Cooper. »Ich verstehe sehr gut, Frau Ministerin. Das stellt kein Problem dar. Auf Wiederhören.«

Er senkte den Hörer und starrte gedankenverloren vor sich hin.

»Dad?« Maddie hielt die Ungewissheit nicht aus. »Was habt ihr besprochen?«

»Hmm?« Er sah hoch. »Entschuldige – ich habe gerade ein paar Brocken zum Nachdenken vorgeworfen bekommen.«

»Sir!«, machte Danny Druck. »Zur Sache! Räumen wir auf oder aus?«

Jack Cooper sah ihm direkt in die Augen. »Ich bin gerade darüber informiert worden, dass die Innenministerin das Police Investigation Command wieder eingesetzt hat – um Punkt elf Uhr heute Morgen.« Fast sah es so aus, als könnte sich der »Wolf« zu einem Lächeln herablassen. »Sie hat außerdem ein Finanzpaket bewilligt, das es uns erlaubt, in kürzester Zeit alles auf Vordermann zu bringen. Also, Agent Bell, die Antwort auf Ihre Frage lautet: Machen Sie sich ans Aufräumen, jetzt gleich!«

Danny blickte sich in den verwüsteten Räumen um und fragte dann ernsthaft: »Hat jemand einen Staubwedel für mich?«

Alle drei Trainees standen um Maddies Tisch, oder um das, was davon noch übrig war.

Kathryn Grant stopfte die letzten Papiere in ihre Aktentasche. »Du kannst deinen Arbeitsplatz wiederhaben«, sagte sie gönnerhaft zu Maddie.

Maddie starrte das rußige Chaos an. »Vielen Dank auch«, antwortete sie trocken und mit einer leichten Spitze. Grant schloss ihre Tasche und stolzierte von dannen, ohne einen Blick zurückzuwerfen. Maddie sah ihr irritiert nach – die unerschütterliche Arroganz verblüffte sie immer noch.

»Entschuldigung«, rief Maddie ihr nach. »Haben Sie noch nie gehört, dass man Dinge so hinterlassen sollte, wie man sie selbst gern vorfinden würde?«

Kathryn sah ausdruckslos über die Schulter zurück. »Ich bin mir sicher, dass du das selbst bestens geregelt bekommst«, sagte sie dann. »Du scheinst in der Lage zu sein, Müll richtig zu entsorgen.«

Sie betrat den Aufzug und die Türen schlossen sich hinter ihr.

»Sie hat 'nen Witz gemacht«, grinste Danny vergnügt. »Sie ist auch nur ein Mensch.«

»Gerade so«, meinte Alex und warf einen Blick auf Maddies Arbeitsplatz. »Sollen wir uns meinen Platz erst mal teilen?«, schlug er vor.

»Nein«, antwortete Maddie gradlinig. »Ich bin lieber hier, aber trotzdem danke.« Sie probierte, ob ihr Drehstuhl noch funktionierte. »Das hier ist mein Platz, hier gehöre ich her.«

Ein harter Arbeitstag neigte sich für die Beamten der PIC dem Ende zu. Ihr Auftrag lautete, alles Brauchbare in Alternativräumlichkeiten bei Scotland Yard zu verfrachten. Von dort aus würde die Arbeit wieder aufgenommen, bis die Zentrale renoviert wäre. Es war kein einfaches Unterfangen.

Maddie, Danny und Alex legten eine Verschnaufpause auf dem Dach des Centrepoints ein. Es tat gut, für ein paar Augenblicke dem üblen Gestank zu entrinnen, frische Luft zu schnappen und den Wind auf dem Gesicht zu spüren.

Maddie lehnte sich über die Brüstung und ließ ihren Blick über London gleiten. »Ich hätte hier oben sterben können«, sagte sie nachdenklich.

Danny und Alex flankierten Maddie und nahmen das pulsierende Leben der Stadt in sich auf, das tief unter ihnen wogte und doch bis aufs Dach des Centrepoints zu fühlen war.

Maddie zuckte die Achseln. »Aber wir müssen schließlich weitermachen? Obwohl es gefährlich ist – das ist kein Job, dem man einfach so den Rücken kehren kann.«

Alex sah sie an und meinte dann lapidar: »Du klingst wie dein Vater.«

Maddie starrte über die unzähligen Dächer der Londoner Innenstadt und dachte an Jack Coopers unerschütterliche Überzeugung, dass sie das taten, was wirklich zählte. Als sie wieder ansetzte, klang ihre Stimme ruhig und ausgeglichen.

»Ist das so schlecht?«, fragte sie.